BUR

Biblioteca Universale Rizzoli

Maria Venturi in BUR

Addio e ritorno
Un'altra storia
L'amante è finita
L'amore s'impara
L'amore stretto
Caro amore
Chi perdona ha vinto
Il cielo non cade mai
Da quando mi lasciasti
La donna per legare il sole
Incantesimo
In punta di cuore
Mia per sempre
La moglie addosso
La moglie nella cornice
Il nuovo incantesimo
Il rumore dei ricordi
Storia d'amore
La storia spezzata

MARIA VENTURI

Da quando mi lasciasti

BUR

NARRATIVA

ISBN 88-17-11893-1

Prima edizione Superbur Narrativa: settembre 2002
Quarta edizione BUR Narrativa: giugno 2005

Dedico questo libro a mia sorella Alda.
La violenza del male che ce l'ha
portata via è grande come quella
della sua perdita: ma non perderemo
mai quello che ci hai lasciato, Aldona,
e mi consola pensare che anche
in Cielo ti avranno accolta come
la persona eccezionale che eri, che sei.

I

Aveva sposato un uomo infedele: Emma se n'era accorta pochi mesi dopo il matrimonio e, a cinque anni da quella scoperta, ciò che più la umiliava era l'essersi assuefatta a una realtà inaccettabile imponendosi le patetiche rassicurazioni dei luoghi comuni: le altre non contano, gli uomini distinguono tra sesso e sentimenti, l'infedeltà non è la peggior violenza che si possa fare a un matrimonio, molti piccoli tradimenti preservano dal rischio della sbandata fatale.

Per Emma la cosa più difficile era stata il dover ammettere che questo campionario di banalità era il solo metro per giudicare realisticamente i comportamenti di suo marito. Alberto la tradiva perché non dava alcuna importanza all'infedeltà fisica: per lui era naturale voltarsi a guardare una bella donna, così come era inconcepibile sottrarsi all'occasione di un'avventura, di una botta di sesso.

La peggior violenza era quella che Emma aveva dovuto infliggere a se stessa per restargli accanto. Una violenza sotterranea, talvolta inconsapevole, che alla fine l'aveva logorata. Cinque anni dopo il primo degli innumerevoli tradimenti non era affatto sicura di amare ancora il marito, né che il marito continuasse a tenere a lei.

Da qualche tempo la loro vita intima era praticamente inesistente e sempre più spesso Alberto si fermava a dormire sul divano letto dello studio con il pretesto di avere del lavoro da sbrigare e di non volerla svegliare nel cuore della notte. Ma nonostante tutto le era rimasta una sola certezza: lui non l'avrebbe mai lasciata se non fosse stata lei a prendere l'iniziativa della separazione.

Questo le permetteva di riflettere senza correre il rischio di una decisione avventata, consentendole nel frattempo di salvaguardare un minimo di dignità: non teneva legato a sé un marito smanioso di andarsene, ma un uomo al quale quella situazione stava benissimo.

Emma si chiedeva talvolta se non stesse bene anche a lei. Sicuramente, la prospettiva di una separazione la faceva sentire peggio. Aveva paura dei cambiamenti, della solitudine, della casa senza presenze, dei fittizi interessi che avrebbe dovuto inventarsi per dare un senso alla nuova esistenza di divorziata: lezioni di ballo? Palestra? Shopping e partite a carte con le amiche?

Alberto la preservava comunque da tutto questo. Avevano una vita sociale. Trascorrevano le vacanze insieme. Se desiderava vedere un film o andare a un concerto, lui l'accompagnava. L'incapacità di esserle fisicamente fedele era il suo limite di marito. Ma Emma doveva ammettere che, come persona, Alberto aveva molte qualità: era conciliante, disponibile, professionalmente rigoroso, rispettoso del prossimo.

E tra le tante paure c'era anche quella di ritrovarsi a rimpiangere amaramente la decisione di averlo lasciato. La sua capacità di amare si era esaurita con lui ed escludeva la possibilità di incontrare una persona talmente eccezionale da restituirle gli slanci perduti e il desiderio di ricominciare.

Sua sorella Anna e tutte le donne sole o separate che conosceva erano la conferma che, a trent'anni, il vero miracolo era conoscere un uomo sentimentalmente libero che non fosse tale perché molto più giovane oppure separato o divorziato, con problemi caratteriali o di figli.

Emma si sarebbe separata solamente quando l'unione con Alberto fosse diventata talmente insopportabile da vanificare ogni paura, ogni dubbio, ogni possibilità di tardivo pentimento. E, nonostante l'evidente crisi degli ultimi mesi, il loro matrimonio non era ancora giunto a quel punto. C'era anche la probabilità che non vi arrivasse mai. Una cosa era sicura: ogni decisione dipendeva da lei.

La sola, tranquillizzante certezza che l'aveva tanto a lungo sostenuta crollò all'improvviso un pomeriggio di metà dicembre: la fine di un anno e quella della sua prima vita.

Emma uscì dal parrucchiere alle cinque e mezzo e percorse a piedi, lentamente, il breve tratto di strada che la separava da casa. Nevicava dal mattino: fiocchi leggeri volteggiavano tra le vetrine illuminate e gli scintillanti festoni natalizi prima di posarsi al suolo. La spessa coltre bianca attutiva i rumori del traffico e dei clacson. Tutto era ovattato, rarefatto.

Emma arrivò a casa alle sei, dopo una breve sosta in profumeria e dal fruttivendolo, e fu molto stupita di trovarvi già Alberto. Era seduto davanti al televisore. Nell'udirla entrare, si alzò e la seguì in cucina. «Devo parlarti.»

Emma mise le arance nel frigorifero, avvertendo un oscuro segnale di pericolo. «Ti fermi a cena?» chiese tenendogli le spalle girate.

«No. Vado a cena con un collega. Magri.»

«Quello che ha avuto...»

«Adesso sta bene» la interruppe.

Emma tolse dal frigorifero una bottiglia di vino bianco e si decise a guardarlo. «Ne vuoi un bicchiere anche tu?»

Alberto scosse la testa in segno di diniego. «Devo parlarti» ripeté in tono spazientito.

«C'è qualche problema?»

«Due settimane fa la banca mi ha offerto la direzione di una filiale, a Bologna, e ho deciso di accettare. Inizierò con l'anno nuovo.»

«Che cosa aspettavi a dirmelo?»

«Lo sto facendo adesso. È una opportunità che non posso lasciarmi sfuggire, da tre anni aspettavo una direzione.»

«Lo so bene! Ma è inconcepibile che tu mi metta di fronte al fatto compiuto. Immagino che dovremo trasferirci… Cambiare città, casa…» L'ira le fece tremare la voce.

«Partirò da solo.»

«Significa soltanto rimandare di qualche giorno o qualche settimana il mio trasferimento.»

«È proprio di questo che dobbiamo parlare.» Alberto si schiarì la voce. «Il nuovo lavoro è la migliore opportunità anche per fare chiarezza nel nostro rapporto.»

Emma si irrigidì. «Che cosa significa?»

«Non dirmi che sei felice.»

«Gesù… Che razza di discorso è? Dove vuoi arrivare?»

«Restare insieme non ha più senso. Il nostro matrimonio è…»

«Hai un'altra donna?»

«No. Nessuna che conti» si corresse. «Voglio separarmi per me stesso, per uscire da una situazione che è diventata deprimente, vuota, insopportabile. Anche per te, immagino.»

Emma avvampò. Era ferita dai penosi aggettivi con cui suo marito aveva descritto la loro unione, e furiosa con se stessa per l'ingenua certezza che lui non l'avrebbe lasciata mai.

Alberto la stava guardando. Ricambiò il suo sguardo. «Sono d'accordo con te. Non ha più senso restare insieme» disse. A sostenerla non era l'orgoglio, ma la rabbia.

«Sarebbe bene definire tutto prima della mia partenza.»

«*Definire* che cosa?»

Alberto le rivolse un sorriso di affettuosa superiorità, come se fosse una bambina. «I soliti accordi per una separazione consensuale: gli alimenti, la casa, i...»

«La casa è tua e io non voglio niente.»

«Non puoi mantenerti con un lavoro saltuario di traduttrice» Alberto osservò con un tono pacato, senza alcuna intenzione di criticarla o umiliarla.

Fu proprio questo ad amareggiare Emma: era l'ennesima prova che il suo lavoro, per lui, non esisteva. Lo aveva sempre considerato un riempitivo, un passatempo da signora borghese. Ovvio che, nel momento della separazione, minimizzasse anche i suoi guadagni e scrupolosamente si preoccupasse di mantenerla.

«È un problema mio» Emma replicò asciutta. «Ti ripeto, non voglio niente.»

«Resta almeno ad abitare in questa casa, se non vuoi che te la intesti.»

«Ci resterò il tempo necessario per trovarne una in affitto. Più piccola e con spese condominiali più abbordabili.»

«Non capisco davvero questo tuo...»

«A che titolo dovresti mantenermi o darmi una casa?»

«La legge tutela il coniuge economicamente più debole» Alberto spiegò con diligenza. «E io vorrei comunque...»

«Mi rafforzerò. E da sola» Emma ringhiò.

«Sei irragionevole.»

«Questo matrimonio lo abbiamo sbagliato in due e mi sembrerebbe indecoroso trasformare i *deprimenti* anni vissuti insieme in un vitalizio.»

«Non è stato sempre così» Alberto protestò. «Abbiamo avuto anche dei momenti felici.»

«I ricordi te li regalo.»

«Se non sono stato un buon marito è soltanto perché non ero tagliato per la vita di coppia» sospirò. «Non lo sarò mai.»

Siccome non poteva liberarsi dai sensi di colpa provvedendo al suo futuro, si stava creando il Grande Alibi: ma Emma si trattenne dal dirglielo.

Rassicurato dal silenzio della moglie, proseguì: «Ce l'ho messa tutta per fare funzionare il nostro matrimonio, credimi, ma è come chiedere a un paralitico di camminare. Non può farcela. Però sei stata la donna più importante della mia vita e ti vorrò sempre bene.»

«Perché hai smesso di amarmi?» Emma chiese impulsivamente.

Alberto la fissò con l'espressione stupefatta e impaurita dell'alunno che si sente rivolgere una domanda impossibile. Abbassò subito gli occhi, annaspando alla ricerca di qualcosa da dire.

Il suo disagio fu pari a quello di Emma: si era davvero comportata come un'insegnante dispettosa e sadica. Peggio ancora, come una moglie ferita che vuole farsi ancora più male.

Corse subito ai ripari, prima che Alberto si riprendesse dalla sorpresa e le facesse un puntiglioso, crudele elenco di tutto ciò che lo aveva allontanato da lei. «Lasciamo perdere» disse con voce leggera. «Anche io ho smesso di amarti: purtroppo succede, e non ci sono spiegazioni.»

Suo marito rialzò la testa e la guardò di nuovo. Stavolta con smisurato sollievo. «Proprio così. Da molti mesi volevo parlarti della nostra separazione: se mi sono deciso a farlo non è stato per il mio trasferimento a Bologna, ma perché ero certo che non ne avresti sofferto… Che avresti avuto questa reazione pacata, civile.»

Fece una breve pausa e guardò l'orologio. «Magri mi sta aspettando, faccio una doccia e scappo. Probabilmente farò tardi.»

Emma fece un cenno d'assenso. Arrivato alla porta, Alberto si fermò: «Ti va bene se fisso un appuntamento con Gianni Elestici? È anche amico tuo, e non ci servono certo due avvocati visto che siamo d'accordo su tutto».

«Gianni va benissimo» Emma assentì. *Pacata e civile.* Come suo marito si aspettava.

Quando Alberto uscì, Emma stappò la bottiglia di vino bianco che aveva tolto dal frigorifero e ne bevve un bicchiere. Poi andò in soggiorno, accese il televisore e si raggomitolò sul divano tirandosi un plaid sulle gambe. Si sintonizzò sul *Passaparola* di Gerry Scotti.

Una popolare attrice e un noto sportivo si stavano sfidando in una serie di dieci domande sulla letteratura italiana... La loro incultura la sbalordì e le suscitò amare riflessioni: come è possibile, si chiese, assurgere ai vertici del successo ignorando che le cantiche della *Divina Commedia* sono tre, che l'autore dell'*Orlando Furioso* è Ariosto, l'unica testimone della misteriosa morte del padre di Pascoli fu una cavalla, la famosa "cavallina storna" di cui persino i bambini delle elementari conoscono i versi a memoria?

C'è di peggio, si rispose con sarcasmo. Lei non aveva forse ignorato per mesi una crisi in cui persino la donnetta più ingenua avrebbe scorto i segnali della fine? Alberto dormiva in un'altra stanza, non la desiderava più, passava le rare serate in casa chiuso nel suo studio o seduto davanti al televisore. Mentre aspettava soltanto il momento giusto per lasciarla, lei, l'idiota, continuava a pensare che mai avrebbe voluto o chiesto la separazione.

Tutti i libri letti, tutto quello che aveva appreso al liceo e all'università l'avevano lasciata nell'ignoranza più rovinosa. Era priva di realismo, incapace di deduzioni logiche, sprovveduta di senso pratico, sempre persa in sottili analisi che non arrivavano mai alla sintesi. Come offendersi se Alberto, preoccupato per il suo futuro, le aveva offerto una casa in cui vivere e un assegno mensile con cui mantenersi?

Sei stata la donna più importante della mia vita. Su questo non aveva dubbi: era la prima donna di cui si era innamorato, la sola che avesse desiderato sposare, travolgendo appassionatamente e caparbiamente le titubanze di lei: ci conosciamo soltanto da tre mesi, vorrei finire la tesi, che fretta abbiamo? Le aveva dato altri due mesi di tempo: una volta presa la laurea, non c'erano state ragioni.

Sua sorella Anna si era rifiutata di farle da testimone e aveva partecipato alla cerimonia incapace di nascondere disapprovazione e malumore. Alberto non le piaceva. Troppo bello, troppo sicuro di sé e troppo consapevole del fascino che esercitava sulle donne, ripeteva a Emma. Si rendeva conto che erano affermazioni superficiali e inadeguate a motivare la sua viscerale diffidenza: difatti la sorella ne rideva oppure replicava, seria, che era stato l'abbandono del marito a renderla diffidente nei confronti di tutti gli uomini. Alberto era diverso. La amava davvero.

Per alcuni mesi si era comportato da marito perfetto. E per oltre quattro anni, fino all'esplodere dell'ultima crisi, aveva continuato ad amarla: ma a modo suo, e cioè con la sicurezza di chi poteva ormai mostrare impunemente i suoi difetti e i suoi limiti perché la conquista della moglie era avvenuta e non servivano più corteggiamento, romantiche strategie, piccole finzioni, autocensure.

Ti vorrò sempre bene. Anche questo Alberto l'aveva detto in buona fede. Ma prima o poi, come accade a tutti gli uomini irrequieti e infedeli, sarebbe toccato anche a lui incontrare quella con cui fermarsi. "Donna terminale" la definiva sarcasticamente Anna: quasi sempre autoritaria, energica, con un gigantesco Ego. Anche Alberto, come il marito di sua sorella, si sarebbe lasciato dominare dalla sua donna terminale. E, se o quando lei lo avesse voluto, avrebbero avuto un figlio.

Fine del "sempre". Fine del bene per la fragile ex moglie. Emma spense il televisore e chiuse gli occhi: basta, farsi male.

Si risvegliò a mezzanotte. Quanto aveva dormito? Si alzò e andò in cucina per bere un bicchier d'acqua.

II

Alberto fu risvegliato dal vociare di due infermiere. Erano le sette, l'ora del cambio di turno: il personale della notte se ne andava per lasciare il posto a quello del mattino. Sèguivano dieci minuti di insopportabile confusione: rumori di stoviglie, di ante sbattute, frenetico andirivieni, urlante incrociarsi di saluti, chiacchiericcio. Dov'era il rispetto per i degenti?

Si sollevò lentamente dalla poltrona, la gola secca e le gambe intorpidite. Anche il caldo, negli ospedali, era insopportabile. Andò nel bagno di fronte e si sciacquò la faccia con l'acqua fredda. Poi scese al piano di sotto, dove si trovavano le macchinette del caffè. Soltanto alle otto, dopo la prima visita del primario, era possibile entrare nel reparto di terapia intensiva dove Emma era stata trasferita tre giorni prima. E mancavano ancora tre quarti d'ora.

L'incidente era accaduto all'una di notte. Mezz'ora dopo, quando Alberto era tornato dalla cena con il collega Magri, l'ambulanza era appena ripartita per trasportare sua moglie all'ospedale. La portinaia stava parlando concitatamente con una giovane coppia che lui riconobbe come i condomini della porta accanto. Nel vederlo, si interruppe e gli si fece incontro raccontandogli quanto era successo.

Erano stati proprio loro, i giovani vicini, a dare l'allarme. Rientrati da una serata con gli amici, stavano aprendo la porta di casa quando avevano udito giungere dall'appartamento accanto un urlo terrorizzato, immediatamente seguito da un tonfo. Dopo aver inutilmente suonato e bussato, i due erano scesi ad avvertire la portinaia convincendola ad aprire con la sua chiave. Emma giaceva riversa sul pavimento della camera guardaroba, immobile, accanto a una scala rovesciata e circondata da scatole di scarpe aperte. In corrispondenza della testa, si stava allargando una macchia di sangue.

Era chiaro che aveva perduto l'equilibrio mentre, issata sul piolo più alto, stava facendo ordine nell'ultimo ripiano dell'armadio a muro. Mentre i vicini chiamavano l'ambulanza, la portinaia telefonava ad Anna.

Alberto era stato il solo a non stupirsi per quel raptus di efficienza notturna. Era tipico di sua moglie fare le cose più inutili nei momenti più impensabili: come alzarsi di notte per spolverare la libreria, o incaponirsi nella ricerca di un maglione invernale in pieno luglio o abbandonare la visione di un programma televisivo per mettersi a lucidare le posate d'argento.

Col tempo si era accorto che quella efficienza capricciosa era sempre associata a momenti di irrequietezza e di tensione e aveva una funzione come di antidoto. Sua moglie stessa glielo aveva confermato con una battuta scherzosa: «Se hai dei brutti pensieri in testa, scacciali con le mani».

Alberto era corso all'ospedale oppresso dai sensi di colpa. Poche ore prima lui le aveva annunciato la decisione di separarsi e sicuramente era il fallimento del loro matrimonio il "brutto pensiero" che Emma aveva voluto esorcizzare.

La speranza che si trattasse di un incidente senza conseguenze era crollata quando un infermiere del pronto soccorso gli aveva detto con voce tra l'imbarazzato e il compassionevole che sua moglie era stata trasportata in rianimazione.

Rianimazione? Seguendo le frecce che portavano al reparto Alberto si era prospettato le ipotesi più drammatiche. D'un tratto si era ritrovato in una stanza simile a un budello, con una fila di sedie in alluminio saldate l'una all'altra e appoggiate contro una parete.

Sua cognata era seduta alla metà della fila, e stava parlando con un giovane medico. Si era avvicinato a loro col cuore in gola: «Come sta?».

Anna, quasi con malgarbo: «È gravissima». Poi, rivolta al medico: «È il marito». Aveva detto *marito* a labbra strette come se fosse un insulto.

Il giovanotto sembrava non essersene accorto e gentilmente gli aveva spiegato che Emma, nella caduta, doveva aver battuto la nuca contro un corpo contundente. L'impatto era stato violento. Ma, per il momento, era ancora impossibile valutarne i danni.

Solo una settimana dopo l'incidente il primario li aveva chiamati per metterli al corrente della situazione. Il quadro clinico si profilava ormai con certezza: la caduta aveva provocato un voluminoso ematoma cerebrale che, nonostante fosse stato subito drenato, ancora non si riassorbiva. Il più presto possibile, Emma avrebbe dovuto essere sottoposta a un intervento chirurgico: l'ultima Tac aveva rivelato un aumento della pressione intercranica e una lesione, si sperava reversibile, dei centri corticali motori.

«Che cosa vuol dire?» Alberto aveva chiesto sperando di aver capito male.

Anna fu meno vile: «Resterà paralizzata?».

Il primario li aveva rassicurati. Rassicurazioni doverosamente generiche: la lesione non era così estesa… Rimosso l'ematoma, e dopo le opportune terapie riabilitative, le difficoltà motorie sarebbero probabilmente regredite o addirittura scomparse.

«E la parola?» aveva domandato lui. «Sono stati lesi anche i centri del linguaggio?»

Qui il primario si era mostrato assolutamente tranquillizzante: no, non esisteva alcuna lesione in questo senso. E, una volta superato il comprensibile stato di sopore e incoscienza, Emma avrebbe ricominciato a parlare senza difficoltà.

Qualche segnale di ripresa si era già registrato. Emma aveva ripreso a respirare autonomamente, di tanto in tanto apriva gli occhi e compiva qualche movimento. Il trasferimento dalla rianimazione alla terapia intensiva non soltanto comprovava questo miglioramento, ma consentiva di trascorrere maggior tempo accanto a lei, e senza la barriera di un vetro.

La sua presenza in ospedale irritava profondamente Anna. Le prime notti, quando si era rifiutato di lasciare l'ospedale, lei l'aveva addirittura aggredito. Anna era certa che la sera dell'incidente avesse litigato furiosamente con Emma conducendola all'esasperazione, e continuava a trattarlo come se fosse stato lui a farla cadere dalla scala. Ma alla fine, stremata dalla stanchezza, era stata costretta a cedere e ad accettare che, a notti alterne, le desse il cambio.

Benché medici e infermieri ripetessero che la loro presenza era inutile in quanto la paziente era monitorata e sotto sorveglianza continua, su un punto entrambi erano d'accordo: Emma non doveva essere lasciata sola. Anche se dormivano in una poltrona del salottino d'attesa e durante il giorno potevano entrare nella sua stanza soltanto tre volte in orari prestabiliti, l'essere costantemente presenti li tranquillizzava. Per qualunque emergenza, sarebbero stati immediatamente raggiungibili.

L'immobilità fisica, i raggelanti incontri con sua cognata e lo stato di impotente attesa avevano stremato anche Alberto, soprattutto psicologicamente. Ma allontanarsi da sua moglie lo avrebbe fatto sentire peggio. Anche se il loro matrimonio era fallito, Emma restava l'affetto più importante della sua vita. Neppure la tragica morte dei genitori, avvenuta dieci anni prima in un incidente d'auto, lo aveva sconvolto come l'incidente di Emma. Li aveva pianti con profondo dolore; ma senza i sensi di colpa, senza l'estenuante attesa degli eventi, senza le angosciose incognite che da sedici giorni lo arrovellavano.

Davanti alle macchinette del caffè c'era la solita ressa. Un medico si stava lamentando con un collega perché quella notte gli sarebbe toccato il turno di guardia: come dirlo a sua moglie che aveva organizzato un cenone con gli amici?

Solo in quel momento Alberto ricordò che era il 31 dicembre, l'ultimo giorno dell'anno. Un anno, quel 1998, che era stato tra i più amari e difficili e stava finendo nel modo peggiore. Neppure il successo professionale, il solo evento positivo, valeva a riscattarlo: della sospirata direzione non gli importava più nulla. Aveva chiesto alla sua banca due mesi di tempo per il trasferimento a Bologna, e nel frattempo si era messo in ferie. Ma aveva già deciso che alla scadenza di quei due mesi avrebbe rinunciato al nuovo posto. Non poteva lasciare Emma da sola a Milano in quelle condizioni.

I due medici si spostarono e Alberto infilò la moneta nella gettoniera. Bevuto il caffè, scese al pianterreno per raggiungere la vicina edicola a comperare i giornali: erano le sette e mezzo, aveva tutto il tempo per farlo.

Stava rientrando nell'atrio quando Anna gli giunse alle spalle. «Non sei da Emma?» lo apostrofò senza neppure salutarlo.

«Sto aspettando l'orario per entrare da lei.»

«Hai visto qualcuno? Un medico, un infermiere?»

«Stanotte alle tre ho parlato con l'infermiera di guardia. Emma stava bene... Come al solito.»

«Adesso ci sono io. Puoi andare.»

«Non prima di averla vista.»

«Che marito premuroso! Non ti sei ancora stancato di...»

«Mi sono stancato soltanto della tua aggressività. Quando la smetterai di detestarmi, Anna?»

«Se quella notte fossi stato a casa, Emma non si troverebbe qui.»

Si impose di non rispondere. A che cosa sarebbe servito? Sua cognata l'aveva detestato dal primo momento. Erano arrivati davanti all'ascensore, Alberto premette il pulsante di richiamo e poi si spostò per farla passare.

Quando arrivarono nel reparto, mancavano ancora dieci minuti per poter entrare da Emma. Alberto si sedette sulla poltrona in cui aveva trascorso la notte e cominciò a leggere un giornale: il silenzio era la sola arma per difendersi dall'aggressività di Anna.

Fu lei a romperlo. «Ti sei ricordato di portare la liseuse azzurra di mia sorella?»

«Purtroppo non l'ho trovata.»

«La verità è che non l'hai nemmeno cercata.»

Alberto sollevò gli occhi dal giornale. «Sbagli. In ogni caso Emma può indossare soltanto gli indumenti sterilizzati che passa il reparto.»

«Intendevo dare la liseuse a un'infermiera per farla sterilizzare. Il reparto passa soltanto camicioni di tela, e siamo in pieno inverno.»

«Anna, qui dentro fa un caldo infernale!»

«Per te, non per chi è allettato e immobile come...»

«D'accordo. Appena a casa la cercherò meglio e alle quattro te la porterò.»

«Intendi tornare anche *questo* pomeriggio?»

«Che cos'ha di speciale?»

«È l'ultimo giorno dell'anno. Non dirmi che te lo sei scordato e non hai fatto programmi.»

L'arrivo di una inserviente lo preservò dal darle una rispostaccia. Potevano entrare, naturalmente uno alla volta.

L'acidità di Anna non risparmiò neppure quella ragazza. «Lo sappiamo, mia sorella è ricoverata da sedici giorni.» Rivolta a lui: «Va' prima tu, così puoi correre a casa».

Alberto si diresse in silenzio verso il reparto e, prelevandoli via via dagli appositi contenitori ai lati della porta, indossò gli indumenti sterili: camice, cuffia, mascherina, sovrascarpe, guanti.

La visione di Emma, monitorata e trafitta dagli aghi della flebo, per qualche istante gli strinse il cuore. Dopo sedici giorni, ancora provava l'identica reazione di impotenza e di pena.

Si curvò per deporle un bacio sulla fronte e si sedette ai piedi del letto. Col trascorrere del tempo si era invece attenuato il senso di irrequietezza e di costrizione: durante quelle lunghe giornate in ospedale la mente aveva cominciato a divagare liberamente. Non gli era mai accaduto: per lui anche *pensare* era un'attività, e sempre funzionale a qualcosa: valutare, decidere, risolvere, dire sì oppure no.

Una mattina scoprì che si poteva pensare senza accorgersene, come respirare. La mente divagava liberandolo dalla costrizione dell'immobilità. E quando se ne stava seduto ai piedi del letto di Emma, come in quel momento, il silenzio si affollava di ricordi, frammenti di discorsi, frasi mai ascoltate o ascoltate con insofferenza.

«Non verrò mai a casa del tuo amico Diego e della sua nuova donna.»

«Piantala con questi moralismi, Emma.»

«Ha lasciato una brava moglie e tre figli piccoli: ti sembra moralistico *ritenerla una cattiva azione?»*

«Non sono fatti nostri.»

«Ci sono cose che non si possono fare, *ma tutto è diventato lecito proprio perché tolleriamo e prendiamo le distanze come fai tu.»*

«Piantala con la solita sentenziosità. Purtroppo il mondo non va come vorresti tu.»

«Sto ingrassando come una mongolfiera, devo mettermi a dieta.»

«A me sembri sempre la stessa.»

«È perché non mi vedi più.»

«Oddio, Emma, è una battuta polemica?»

«Tutt'altro! Trovo molto positivo che marito e moglie imparino a conoscersi a memoria... Le coppie anziane che si amano ancora sono quelle che si guardano senza vedere sulle facce e sui corpi i segni del tempo.»

«E allora perché ti preoccupi tanto per un paio di chili in più?»

«Perché voglio che gli altri uomini mi vedano bella!»

«Mi annoio anch'io, Alberto! Ma la noia è solo noia, non un lutto o un male incurabile, e a volte trovo persino riposante sentirmi annoiata. In ogni caso è uno stato d'animo da privilegiati, perché se stai male o hai dei problemi veri non ti annoi di certo.»

«Se mi dici un'altra volta che è stato un incontro senza importanza *ti strozzo! Non lo capisci che è mille volte peggio? Sono furiosa e umiliata perché quello che devo capire è solo la tua imbecillità.»*

«Ci ho riflettuto tutta la notte, Alberto, e ho capito che hai ragione tu: non si può distruggere un matrimonio per uno sbaglio, un'imbecillità. Vivere senza di te sarebbe più doloroso che perdonarti, perciò mettiamoci una pietra sopra e non parliamone più.»

«Stasera no, ti prego.»

«Emma, non facciamo l'amore da tre settimane.»

«Mi dispiace.»

«Anche a me. A quanto pare, non hai dimenticato né perdonato. Per quanto tempo continuerai a punirmi?»

«Sono arrabbiata! Ti detesto! Ogni volta che fai per toccarmi mi chiedo come hai potuto toccare un'altra. Lo so che è ingiusto, ma non posso farci niente.»

«Vorrei smettere di prendere la pillola, Alberto.»

«Aspetta.»

«Siamo sposati da quattro anni. Non ti senti ancora pronto per avere un figlio?»

«Devo pensarci.»

«Pensiamoci insieme.»

«Emma, abbiamo avuto tanti problemi.»

«È così che pensi a un figlio? Un altro problema?»

«Non attaccarti alle parole per attribuirmi quello che ti pare!»

«Allora dimmelo tu: lo vuoi o no, un figlio?»

«Non ora, Emma. Abbiamo trovato faticosamente un equilibrio e mi sembra che sia ancora troppo precario per...»

«Questa è una sorpresa! Credevo che da qualche mese il nostro matrimonio funzionasse molto bene.»

«Una ragione in più per non dargli uno scossone e lasciare le cose come stanno.»

«Frena, Alberto. Stavi parlando di equilibrio precario.*»*

«Ti stai di nuovo attaccando alle parole! Non voglio litigare.»

«Nemmeno io. Voglio solo capire.»

«Il nostro matrimonio funziona da quando hai smesso di discutere, contraddirmi, criticarmi.»

«Gesù, Alberto, questo lo chiami funzionare*?»*

«A me sta bene così.»

«Ma a me no. Non pensavo che il tuo ideale di moglie fosse un soldatino sull'attenti o una donna muta.»

«Il problema non è che mi hai tradito un'altra volta, Alberto, ma che è diventata una cosa senza importanza *anche per me. E questo mi spaventa, perché vuol dire che non riesco più a indignarmi, soffrire.»*

«Alberto, perché hai smesso di amarmi?»

Quella domanda, fatta poche ore prima dell'incidente, lo aveva spiazzato. Adesso, seduto accanto a Emma, rivolse a se stesso l'identica domanda: perché ho smesso di amarla? Guardando con angoscia quel volto immobile e seminascosto dalle bende la sua memoria vi scorse i sorrisi, gli stupori, le paure, le gioie e le rabbie che tanto tempo prima lo avevano illuminato o oscurato...

Aveva visto Emma la prima volta in banca, quando era venuta a aprire un conto corrente. Emma non era bella nel senso letterale del termine. I suoi stessi lineamenti, esaminati ad uno ad uno, potevano apparire un insieme di imperfezioni: aveva la bocca troppo grande, il naso lungo, gli occhi molto distanziati e il volto rotondo. Ma per una magica alchimia si trasformavano in singolare bellezza. Forse era il riverbero di ciò che aveva dentro e che il suo viso esprimeva con un continuo mutare di espressioni.

Il secondo incontro fu casuale: la rivide in libreria mentre intervistava l'autore di un libro che aveva tradotto dal francese.

Sentendola parlare, fu colpito della sua intelligenza appassionata. Emma gli confessò in seguito di aver accettato di andare a cena con lui soltanto perché era bello.

Dopo tanti giorni passati a ricordare, ricostruire e pensare, Alberto aveva capito che la passione per lei era nata come per sfidare se stesso. Quella ragazza aveva dei difetti insopportabili e lui *voleva* cambiarla.

L'intelligenza di Emma era estenuante, l'ottimismo infantile, il rigore morale irritante, la tenacia faticosa, l'ironia provocatoria, il buonsenso sentenzioso. Stare con lei significava non disarmare mai. Se per assurdo lui avesse ucciso, rapinato una banca, o commesso qualche follia, era certo che lo avrebbe in qualche modo capito, difeso. Ma nelle sviste della quotidianità era implacabile: si attaccava alla parola sbagliata, alla decisione sciocca, al gesto di debolezza, alla piccola latitanza come un cane all'osso, facendolo sentire un imbecille o un cialtrone.

Perché hai smesso di amarmi? Adesso sapeva anche la risposta. La passione se n'era andata quando aveva vinto la sfida, trasformando sua moglie in una donna perfetta. Troppo tardi si era accorto che erano stati proprio i suoi difetti a renderla unica e a fargliela adorare.

Ma continuava a volerle bene. Forse avrebbe potuto amarla di nuovo. Di certo, non poteva più separarsi da lei.

III

Emma fu operata il 5 gennaio. L'intervento durò quattro ore, ma la riportarono nella sua stanza alle due del pomeriggio, sette ore dopo che erano venuti a prelevarla con la barella e quando la tensione di Anna e di Alberto era ormai giunta all'acme.

Il chirurgo spiegò che l'ematoma, diffuso e profondo, si era presentato con un importante stravaso ematico e con una forte compressione intracranica.

«Dopo questo intervento mia sorella camminerà?» Anna chiese interrompendolo con impazienza. Era la sola cosa che le importava e che voleva sapere.

«Abbiamo evacuato l'ematoma e rimosso la compressione. Ma resta il problema della lesione: occorrerà qualche tempo per valutare il danno che può aver provocato ai centri corticali motori.»

«Quanto tempo?» Anna incalzò.

«Non meno di due settimane. Nel caso di sua sorella non si possono escludere tempi più lunghi. La ripresa motoria è resa obiettivamente più problematica da una lunga degenza pre e postoperatoria e da...»

«Professore, può spiegarsi meglio?»

Per la prima volta Alberto condivise i modi bruschi della cognata. Anche lui era spazientito da quel cauto girare alla larga e dall'ostica meticolosità di quelle spiegazioni e di quella terminologia. «Vorrei capire anch'io» rincarò.

Il chirurgo lo fissò quasi offeso. «Sua moglie è allettata da oltre venti giorni e altrettanti ne dovranno passare prima che sia in grado di lasciare il letto. L'immobilità, lo stato di coma vigile e il delicato intervento a cui è stata sottoposta l'hanno molto provata.»

Si interruppe. «Sono stato chiaro, fin qui?» chiese con intonazione volutamente polemica. Li stava trattando come due sprovveduti.

«Chiarissimo. Prosegua pure» lo invitò Anna, senza raccogliere la provocazione.

Lo sguardo del chirurgo si spostò su di lei. «La ripresa motoria, e cioè il ricominciare a camminare, comporterà comunque qualche difficoltà perché i muscoli hanno perduto tono e il fisico si è molto indebolito. E non è escluso che subentri un temporaneo blocco mentale. Mi spiego meglio: la depressione, lo scoraggiamento, il terrore di non farcela potrebbero avere un effetto paralizzante... Renderle *impossibile* il camminare anche se i centri motori non avessero subito alcun danno. Ma questo, allo stato attuale, non possiamo ancora escluderlo. Né possiamo escludere che esista anche una compressione vertebrale. Spero che adesso il quadro della situazione vi sia ben chiaro» concluse con un'espressione di sufficienza.

«Adesso sì» replicò Anna.

«Bene. Tra un paio d'ore tornerò a visitare la signora. Ricordate che ha bisogno della massima tranquillità.»

«C'è pericolo di qualche complicazione?» chiese Alberto.

«Direi di no. Ma ha subito un intervento al cervello in stato di preesistente sopore, e per un paio di giorni permarrà in questo stato. Non dovete parlarle né sollecitarla.»

«Possiamo vederla?» chiese Anna.

«Soltanto per qualche minuto.»

Il 10 gennaio, cinque giorni dopo l'operazione, Emma fu trasferita dalla terapia intensiva al reparto di neurologia. Nella nuova stanza c'era una poltrona che alla sera un'inserviente apriva e trasformava in letto.

Anna e Alberto continuavano ad alternarsi nell'assistenza notturna, ma adesso erano fisicamente e psicologicamente sollevati. Stavano accanto ad Emma. Potevano distendersi, appisolarsi. Al mattino si alzavano senza più sentire le gambe formicolanti e il corpo indolenzito per la stanchezza.

Emma dava piccoli ma visibili segni di ripresa. Anche se non parlava ancora, il suo sguardo era attento e i suoi gesti coordinati. Il chirurgo si diceva "molto soddisfatto" e le sue raccomandazioni erano sempre le stesse: non forzatela, non sollecitatela, non allarmatevi se durante la giornata ha ancora dei momenti di assopimento.

Alberto aveva l'inquietante sospetto che talvolta sua moglie si rifugiasse *coscientemente* in quel sopore per non affrontare la realtà. Tre giorni prima si era portata una mano alla testa e, rendendosi conto di essere stata rasata a zero, aveva balbettato impaurita: «Ca... pelli...».

Una sera, credendosi non vista, lo aveva fissato con insistenza e stupore, come a chiedersi che cosa facesse lì. Ma quando lui si era avvicinato e si era curvato su di lei, subito aveva chiuso gli occhi.

Alberto non escludeva neppure che si stesse verificando il blocco psicologico ipotizzato dal chirurgo. Era possibile che la mente trattenesse Emma in uno stato di semiincoscienza *impedendole* di parlare e di formulare i timori e gli interrogativi che oscuramente si agitavano dentro di lei: che cosa mi è successo? Perché non riesco a muovere le gambe? Perché mio marito è ancora qui?

Il 15 gennaio la direzione centrale della banca convocò Alberto per parlare del suo trasferimento a Bologna: non gli chiedevano di iniziare subito il nuovo lavoro, ma volevano la certezza che allo scadere dei prossimi trenta giorni fosse disponibile.

Alberto spiegò onestamente che in quel momento non era in grado di prendere decisioni e impegni. Sua moglie si trovava ancora in ospedale e la ripresa si prospettava assai più lunga del previsto: era perciò molto difficile che potesse iniziare il nuovo lavoro alla data stabilita. E stando così le cose, riteneva corretto rinunciare alla direzione e al trasferimento.

Questa rinuncia suscitò una reazione di contrarietà, sorpresa e disapprovazione, ma nessuno insistette per fargli cambiare idea: Alberto uscì da quell'incontro con la certezza di essersi precluso ogni possibilità di carriera. Il trepido ometto che chiedeva due mesi di aspettativa e rifiutava un'opportunità irripetibile per assistere la moglie ammalata era in totale contrasto col giovane dirigente ambizioso, dinamico e disponibile che la sua banca, impegnata in una operazione di svecchiamento, d'immagine e di quadri, esigeva.

Alberto tornò in ospedale per dare il cambio ad Anna sentendosi più amareggiato che furioso. Così andava il mondo. A parole tutti ponevano gli affetti al vertice d'ogni valore, ma all'atto pratico pochi rinunciavano a una riunione, a un appuntamento, o a dei semplici straordinari per cenare con la famiglia, giocare a pallone coi figli, andare ai colloqui con gli insegnanti, accompagnare la moglie al cinema.

Privilegia gli affetti e sei fregato, si disse con sarcasmo. Ma non era affatto pentito della decisione presa.

Anna si accorse subito che non era del solito umore. «Hai incontrato un medico? Ti ha detto che qualcosa non va?» gli chiese con ansia.

Alberto scosse la testa. «Sono solo un po' stanco.»

«Adesso che Emma è fuori pericolo potresti...»

«Ho dovuto risolvere un problema di lavoro» la interruppe.

«Che problema?»
«Niente di importante.»
La cognata lo scrutò: «È da un mese che non vai a lavorare».
«Neppure tu.»
«Io faccio l'architetto e ho un socio che manda avanti lo studio.»
«Anche la banca va avanti senza di me.»
Anna sospirò. «Non ti capisco proprio.»
«Che cosa c'è da capire?»
«Perché stai facendo tutto questo? Non sei mai stato un marito sensibile e premuroso, e...»
«Continua pure a pensarlo.»
«Già. Che t'importa del mio giudizio? Tu sei un uomo superiore!» Si interruppe per qualche istante. «Vorrei sapere che cosa è successo davvero quella maledetta sera.»
«Ero a cena con un collega. Quando sono tornato, Emma... Ma a che serve ripeterlo? Non ero nascosto dietro un armadio per farla cadere dalla scala, non ho tentato un omicidio perfetto. È questo che vorresti sentirti dire? La verità che finalmente ti...»
«Vorrei la verità su quello che è successo *prima* che uscissi di casa. Di che cosa ti stai autopunendo? È chiaro che hai dei sensi di colpa. Questa tua assiduità in ospedale si spiega solo così... Sembra una espiazione!» la sua voce si alzò.
Quel tono inquisitorio irrigidì Alberto. «Pensa quello che ti pare. Come hai appena detto, sono un uomo superiore.»
«Qualche volta sei proprio detestabile.»
«*Qualche volta?*» ironizzò. «A quanto pare ho fatto dei progressi.»
«In queste settimane mi sei stato di grande aiuto. Senza di te, sarei crollata» Anna fu costretta ad ammettere.
Poco dopo, seduto accanto al letto della moglie, Al-

berto si chiese se veramente non si stesse autopunendo. Ma di che cosa? Quella sera, prima di andare a cena dal collega, aveva parlato a Emma del suo imminente trasferimento e della opportunità della loro separazione: per l'ennesima volta rivisse quel discorso come al rallentatore alla ricerca di una intonazione, una sfumatura, una espressione del viso che rivelassero la sofferenza della moglie e gli fossero colpevolmente sfuggiti.

Emma si era detta consapevole quanto lui che restare insieme non aveva più senso: nemmeno lei lo amava più, lo aveva confessato esplicitamente, e gli era sembrata tutt'altro che addolorata o sconvolta all'idea di separarsi. Nel suo deciso rifiutare ogni aiuto economico si poteva addirittura scorgere la volontà di affrancarsi dal ruolo di moglie disamorata per mettersi finalmente alla prova, dedicarsi a tempo pieno al lavoro, trovare delle gratificazioni alternative.

Era irragionevole che lui si sentisse in colpa se amarezza, inquietudine o insonnia avevano spinto Emma a quel raptus di ordine notturno. Quale separazione, anche la più civile e serena, non provoca l'amarezza del fallimento? Il suo errore era stato lasciarla sola dopo il triste discorso chiarificatore invece di condividere quei momenti di comprensibile crisi. Solamente di questo doveva sentirsi in colpa.

L'incidente gli aveva fatto capire molte cose: prima tra tutte, che il loro rapporto poteva essere recuperato. E toccava a lui riconquistare la fiducia di Emma, convincerla a riprendere la vita a due. Voleva un marito fedele? Lo sarebbe stato. Marina, Giovanna, Paola, Sara... Delle donne di cui si era incapricciato ricordava soltanto qualche nome. Non gli avevano lasciato niente. Anche se alcune di loro possedevano doti che andavano oltre il fascino fisico, rendendole degne di stima e d'amore, si era sempre tirato indietro prima che il rapporto diventasse troppo coinvolgente.

Questo era il suo concetto di fedeltà: la consapevolezza di non potersi spingere oltre, il sentirsi comunque *impegnato* con Emma. Ma poiché a lei non bastava, non l'avrebbe tradita più. Ormai anche l'eccitazione del corteggiamento e dell'avventura era diventata noiosamente ripetitiva, come un bel gioco durato troppo a lungo. Soltanto una volta, un paio di mesi prima, era stato sul punto di lasciarsi andare. Lei si chiamava Chiara, e standole accanto aveva provato le stesse emozioni dei primi incontri con Emma. Continuando a frequentarla, probabilmente l'attrazione sarebbe diventata passione: ma proprio questo l'aveva frenato.

Aveva sposato Emma perché si era innamorato della passione che lei, per la prima volta, gli aveva ispirato, ingenuamente persuaso che l'eccezionalità di sua moglie avrebbe fatto durare per sempre l'eccezionalità di quello stato di grazia. Non era stato così, e non voleva ricadere nella trappola né rivivere l'irrequietezza e la delusione seguite al lento esaurirsi dell'incantesimo. Da un giorno all'altro, aveva smesso di vedere Chiara e ora, a distanza di poche settimane, a malapena ricordava il suo viso e la sua voce.

Sarò un buon marito, si ripromise per l'ennesima volta. Si curvò sul volto di Emma, chiuso in un sonno irraggiungibile. Come aveva potuto pensare di lasciarla? Anche se la passione se n'era andata, nella loro unione era rimasto molto più di quanto tiene unite la maggioranza delle persone sposate. La stimava, le era profondamente affezionato, viveva bene con lei: non era questo l'amore coniugale? l'approdo auspicato per tutte le coppie?

Due infermieri entrarono nella stanza con una barella interrompendo l'ondata di buoni sentimenti e buoni propositi: dovevano trasportare Emma al primo piano per alcuni esami. Alberto chiamò subito la cognata sul cellulare: Anna era stata categorica, voleva essere avvertita di *qualunque cosa* accadesse in sua assenza.

Arrivò venti minuti dopo. Emma non era ancora stata riportata nella stanza. «Che esami le stanno facendo? C'è stato qualche problema?» gli chiese allarmata.

Alberto la invitò a sedersi. «Gli infermieri non dicono mai niente, lo sai. Probabilmente si tratta di una Tac... o una scintigrafia. Sono passati dieci giorni dall'operazione e ancora non...» Si interruppe: non voleva allarmare ancor più la cognata, trasmettendole i suoi dubbi. Se l'intervento era perfettamente riuscito, come il chirurgo ripeteva, perché Emma non dava alcun segno di ripresa?

Ma Anna capì al volo e, sorprendentemente, rispose alla domanda inespressa. «Il chirurgo ha detto dal primo momento che la ripresa sarebbe stata molto lunga.»

«Dio non voglia che...»

«Non dirlo nemmeno. Se pensi al peggio, il peggio avviene.»

Suo malgrado Alberto sorrise. «In questo momento mi ricordi Emma. Sei sentenziosa come lei.»

Anna gli lanciò un'occhiata torva. «Mia sorella ti ha sempre difeso. Anche contro l'evidenza dei fatti.»

«Che c'entra, questo? Perché...»

«Emma era chiaramente infelice. Tu andavi, venivi e partivi, ma lei si ostinava ad apparire una moglie appagata e serena.»

Alberto tacque per qualche istante. «Credevo che tu fossi la sua migliore amica e ti raccontasse tutto» disse poi, incredulo.

«Non del vostro matrimonio. Sapendo quello che pensavo di te, era un argomento tabù.»

«Sei sempre stata prevenuta nei miei confronti.»

«Ti ricordi di Paola?»

Quella domanda, strampalata e brusca, lo colse di sorpresa. «Paola chi? È un nome molto comune.»

«Paola Prati. Prima di sposare l'architetto che lavora nel mio studio ha avuto una lunga storia con te.»

«Prima di Emma, non ho mai avuto *lunghe storie*» puntualizzò.

«Quella con la Prati è durata quattro mesi.»

«Adesso ricordo bene. In effetti è stato un record, per quei tempi.»

«L'hai raggiunto con molti aiuti: tradimenti, sparizioni, silenzi.»

«Te l'ha raccontato lei?»

«Quando seppe che stavi per sposare mia sorella, si sentì in dovere di mettermi in guardia. Solo una donna masochista o con la vocazione al martirio, disse, avrebbe potuto vivere con te.»

«Però ha omesso di dirti che fece addirittura finta di essere incinta per sondare le mie intenzioni. Fu proprio la sua *vocazione al martirio* a spingermi alla fuga.»

Anna parve spiazzata. «Forse credeva davvero di essere incinta...»

«Lo escludo.»

«Dimenticavo l'alta opinione che hai di te. Quale donna non avrebbe fatto carte false per diventare tua moglie? Il privilegio è toccato a mia sorella. Bingo!»

«Non sono stato un buon marito, Anna, ma nemmeno il mostro che la tua amica ha descritto.»

Anna fece un gesto di fastidio, come a dire che Paola non c'entrava nulla. «Negli ultimi mesi Emma evitava di incontrarmi e tagliava corto quando le telefonavo. Mi sfuggiva, come se volesse nascondermi qualcosa. Se penso a quanto eravamo unite... Credo che poche sorelle lo fossero come noi...» Fece una breve pausa. «Quello che non riesco a perdonarti è di averla allontanata da me.»

«Questo è ingiusto» Alberto protestò. «Sei stata tu a rifiutarti di frequentare la nostra casa, a non voler mai passare una domenica o una serata con noi, a respingere tutti i miei tentativi per stabilire un rapporto civile. Pensi che tua sorella ne fosse felice?»

«Ho sbagliato anch'io» Anna fu costretta a ammettere. «Forse ero davvero prevenuta. O forse volevo metterti alla prova, vedere quanto sarebbero durati quei tuoi tentativi e il vostro stesso matrimonio.»

Alberto si trattenne per tempo dal confessarle che prima dell'incidente aveva deciso di separarsi. Non voleva spezzare quel tenue filo di intesa che per la prima volta in sei anni sembrava essersi creato con la cognata. «In futuro» le disse abbozzando un sorriso «dovrai decidere se l'astio per me è più forte dell'amore per tua sorella.»

Emma fu ricondotta nel reparto due ore dopo, ma solo all'indomani Anna e Alberto furono convocati dal chirurgo: a undici giorni dall'intervento era finalmente possibile fare un quadro della situazione. Pur non esistendo lesioni irreversibili, sarebbero occorsi alcuni mesi di terapie riabilitative per recuperare la motilità degli arti inferiori. Le ultime analisi avevano confermato il sospetto di una compressione della seconda vertebra lombare, anche questa causata dalla violenta e scomposta caduta dalla scala.

Si trattava di una paralisi temporanea e sicuramente reversibile, ribadì il professore: l'importante era che Emma non si demoralizzasse e iniziasse appena possibile la rieducazione motoria. Già nei prossimi giorni, in ospedale, un fisioterapista le avrebbe fatto eseguire i primi esercizi di ginnastica passiva per ridare tono alla muscolatura.

Il professore, stavolta, si espresse con semplicità e chiarezza e senza mostrare l'irritante sussiego dei primi incontri. Diede un colpetto amichevole alla spalla di Anna. «Coraggio, poteva andare molto peggio.»

«Quando pensa che mia sorella potrà essere dimessa?» Anna gli chiese.

«Tra una decina di giorni, quando avremo la certezza

che l'ematoma cerebrale si sia riassorbito e sua sorella sarà totalmente uscita dal suo stato di sopore. Anche se la compressione vertebrale è una complicanza imprevista che abbiamo potuto diagnosticare soltanto con le analisi di ieri, il quadro generale è molto più rassicurante di quanto sembrasse all'inizio. Adesso sappiamo che né il cervello né il midollo spinale hanno subito danni tali da compromettere un totale recupero.»

Il suo sguardo passò da Anna a Alberto. «Dovete starle vicini con molta pazienza, rassicurarla, accertarvi che collabori...»

IV

Emma aprì gli occhi e spostò lo sguardo dalla boccia della flebo appesa sopra di lei alle sbarre metalliche del letto. Aveva la testa pesante, il collo rigido e le braccia indolenzite. Ma dalla vita in giù continuava a non sentire niente. Una fitta di panico le tolse il respiro. *Sono paralizzata.*

Soffocando un gemito, chiuse gli occhi. *Dormi, non pensare*, si ordinò. Ma subito si detestò per quella viltà. Per quanto tempo intendeva sottrarre la mente alla realtà lasciandosi sprofondare in un sonno senza pensieri?

Sei caduta dalla scala. Ti hanno operato alla testa. Il tuo cervello ha ripreso a funzionare perché ricordi tutto e sei cosciente. Ma forse non hai battuto soltanto la testa. Forse non potrai camminare mai più.

Cautamente, trattenendo il fiato, cercò di sollevare le gambe: non accadde nulla. Lottando contro una nuova fitta di panico, si concentrò con tutta se stessa in un altro tentativo. *Sono le mie gambe. Avanti, muovetevi.* Provò a flettere le ginocchia: ancora nulla. Era come avere attaccati all'inguine due tronchi senza muscoli, senza sangue, senza vita. Lo sforzo fu tale da lasciarla tremante di sfinimento. *Sono paralizzata.*

L'orrore di quella realtà le si spalancò davanti come un abisso. Vi sprofondò a peso morto.

Luci. Rumore. Fastidio. Voci. Qualcuno le stava picchiettando una gota. «Emma, mi sente? Da brava, apra gli occhi.»

Lasciatemi stare.

«Mi sono allontanata soltanto cinque minuti... Dottore, che cosa è successo?»

«Non si preoccupi, è stato un lieve collasso e sua sorella si sta già riprendendo. Emma, apra gli occhi.»

Sono stanca. Anna, lasciatemi dormire.

«Si svegli. Mi sente, Emma?» Il medico le picchiettò nuovamente le gote. Rivolgendosi ad Anna: «Anche la pressione sta tornando ai valori normali. Stia calma, non è successo niente».

Basta! Basta! Emma aprì gli occhi e subito li richiuse, abbacinata dal globo luminoso sulla parete di fronte. Stava riemergendo dall'abisso, ma il corpo rifiutava di seguirla. Lo sentiva come un peso enorme, qualcosa di estraneo che opponeva la resistenza d'un macigno e non riusciva a sollevare, a trascinare.

«Sono paralizzata!» Il grido uscì dalle sue labbra con un suono gutturale, disarticolato.

Anna si curvò su di lei, angosciata e sollevata a un tempo. «Emma, sono qui. Guardami, ti prego.»

Non riesco a parlare. Ho paura.

«Emma, sono qui» ripeté. «Mi senti? Apri gli occhi, di' qualcosa.»

«Non... pos-so...»

«Certo che può» intervenne il medico. «Come si sente?»

«Le gam-be... Non muovo le gam-be.»

«Non deve preoccuparsi, è un disturbo momentaneo.»

«Anna...» Spalancò gli occhi sulla sorella. Uno sguardo desolato, impaurito. «Che co-sa mi è suc-cesso?»

«Sei caduta da una scala e hai preso una brutta botta. Ma adesso va tutto bene.»

Emma scosse la testa. «Non muovo le gam-be.»

Il medico le prese una mano. «Le muoverà presto. Stia tranquilla.»

«Ho battuto la schie-na?»

«Anche. Ma fortunatamente non esistono lesioni.»

«Allora per-ché sono paraliz-zata?»

«Lei non è paralizzata, Emma. La caduta le ha compresso una vertebra e ha delle difficoltà motorie momentanee. Deve credermi. Il chirurgo le mostrerà le lastre e tutte le analisi che le sono state fatte.»

«La testa...» Emma sollevò una mano e si toccò. «Che cosa ho alla te-sta?»

«Ha subito un intervento per rimuovere un ematoma. Ma adesso va tutto bene.»

«Voglio la veri-tà.»

Anna intervenne con forza. «La verità è questa, Emma! Devi fidarti, sta andando tutto bene.»

«Da quanto sono in ospe-dale?»

Anna esitò qualche istante. «Da circa un mese. È stata una brutta caduta, e...»

«Mi ricordo. Alber-to dov'è?»

«È andato via due ore fa. In questo mese è sempre stato qui.»

«Doveva par-tire.»

«È rimasto con te. Ci siamo dati il cambio per non lasciarti mai sola.»

«Sono stan-ca.»

«È normale» intervenne il medico. Si rivolse ad Anna. «Adesso torno in reparto, il primario verrà a visitarla appena uscirà dalla sala operatoria, ma non ci sono problemi.»

Dopo che fu uscito, Anna si sedette accanto alla sorella. «Non ci sono problemi, davvero.»

«Ho p... paura.»

«Non devi. È andato tutto bene.»

Emma indicò le gambe. «Non le sento... Non si spostano.»

«Non hai sentito il dottore? È solo una cosa momentanea.»

«E se non cammino più?»

«È *impossibile*. Non hai alcuna lesione, ma solo una compressione, uno schiacciamento.»

«Quando guarirò?»

Fu il chirurgo, un'ora dopo, a spiegarle ciò che era accaduto e a ripetere quanto aveva già detto ad Anna e Alberto: il recupero della motilità era sicuro, ma esigeva delle opportune terapie riabilitative. Da parte di Emma, erano indispensabili costanza, pazienza e massima collaborazione. L'ospedale era in contatto con un ottimo centro specializzato per queste terapie, e lui stesso avrebbe potuto interessarsi per farvela trasferire.

«Ancora... ri-covero» Emma commentò.

«Più avanti potrà farsi seguire da un fisioterapista, frequentare una palestra. Ma inizialmente occorrono le strutture e l'assistenza specialistica che solo un ricovero può garantire.»

Emma assentì, rassegnata. Le spiegazioni del primario, volte a rassicurarla, le avevano in realtà prospettato un futuro desolante: quanti mesi di fatiche, di incertezze, di angoscia sarebbero trascorsi prima di riprendere a camminare? E se nonostante tutto fosse rimasta paralizzata per sempre?

«Va bene» assentì di nuovo. «Farò quel-lo che è meglio.»

Anna accompagnò il primario fuori dalla stanza. Quando rientrò, si avvicinò al suo letto.

«Non voglio parlare» Emma la prevenne. Non sopportava di ascoltare le ovvie parole di rassicurazione e di conforto che Anna le avrebbe detto: ce la farai, andrà tutto bene, abbi fiducia, anche questo passerà... In quel momento andava tutto male e non aveva alcuna certezza di farcela: la sola cosa che voleva era essere lasciata al suo dolore, senza essere costretta a fingersi fiduciosa e forte per tranquillizzare la sorella.

Anna parve capire, perché si sedette in silenzio accanto al suo letto. Emma chiuse gli occhi e, dopo pochi minuti, scivolò in un sonno profondo.

Alberto arrivò alle tre del pomeriggio per dare il cambio alla cognata. Emma dormiva ancora.

«Avresti dovuto avvertirmi» commentò dopo che Anna gli ebbe raccontato ciò che era accaduto.

«Si è ripresa subito.» Fece un breve sospiro. «Soltanto oggi ha realizzato quello che le è successo e si è accorta di non poter muovere le gambe. Forse è stata male per lo spavento. L'unico aspetto positivo è che ha ricominciato a parlare, capisce tutto, fa delle domande... Il professore l'ha tranquillizzata, ma Emma ha realizzato anche che occorreranno molto tempo e molte cure per riprendere a camminare. Era agitata, impaurita. Credo che per calmarla le abbiano messo un tranquillante nella flebo. Se non ti dispiace, stanotte vorrei restare io con lei.»

«Anna, la ripresa di Emma sarà molto lunga e non puoi rischiare un crollo estenuandoti fin da ora. Abbiamo stabilito dei turni proprio per...»

«Hai ragione, ma in questo momento non me la sento di lasciarla! Non riuscirei a chiudere occhio.» Gli fece cenno di seguirla fuori dalla stanza. «C'è una cosa di cui dovrei parlarti» sussurrò dirigendosi verso la porta.

Alberto la seguì e, non appena furono nel corridoio, lei gli disse senza preamboli: «La ripresa di Emma non sarà soltanto molto lunga, ma anche molto costosa. Da una settimana l'hanno trasferita in una stanza a pagamento, e tra qualche giorno dovrà essere ricoverata in una clinica per la riabilitazione... Vorrei contribuire alle spese, ecco tutto».

«Ti ringrazio, ma non ce n'è bisogno. Ho un'assicurazione privata che a suo tempo ho esteso anche a Emma e che copre tutte le spese. Le fatture del ricovero vengono inviate direttamente alla società assicuratrice.»

«Il centro di cui ha parlato il primario potrebbe non essere convenzionato.»

«In questo caso dovrò pagare direttamente e inviare all'assicurazione le fatture per il rimborso. Ti ringrazio, ma non ci sono problemi.» Prese la cognata per un braccio. «Andiamo a bere un caffè.»

«Se Emma si sveglia...»

«Le macchinette sono in fondo al corridoio, torneremo subito.»

«E va bene.» Alzò gli occhi su di lui. «Questa orribile esperienza ha avuto almeno un risvolto positivo: mi sono dovuta ricredere sul tuo conto.»

«Fino a quando?»

«Nonostante tutto, sei una brava persona. E non potrò dimenticare mai quello che hai fatto per me e per mia sorella in queste settimane.»

Tornarono nella stanza nel momento in cui Emma si stava svegliando. Aprì gli occhi e spostò lo sguardo dall'uno all'altra come se non li riconoscesse, con una espressione confusa, smarrita.

Alberto si avvicinò e le prese una mano. «Sono qui... Il peggio è passato, coraggio.»

«Non posso muovermi!» Emma disse d'un fiato, la voce roca e vibrante di protesta. Il suo sguardo s'era fatto a un tratto dolorosamente consapevole.

«Riprenderai presto a camminare.»

«*Quando?*» Ritrasse la mano. «Tra un anno? Tra dieci?»

Intervenne Anna. «Questo è disfattismo. E non ti aiuterà certo.»

«Non mi aiutano nemmeno le vostre parole cretine.»

«Alberto ti sta dicendo la verità. Come il primario. Non hai lesioni. E perciò devi stare tranquilla.»

«Non sei tu al mio posto!»

«No. Ma al tuo posto sarei enormemente sollevata: con quella caduta, potevi davvero spezzarti la schiena e restare paralizzata per sempre.»

«Anche se p… penso al peggio, quello che mi è successo resta gravissimo» Emma sbottò irritata.

«Hai ragione» convenne Alberto. «Tua sorella non intendeva minimizzare il tuo incidente, ma soltanto…»

«Perché non… sei in banca?» Emma chiese, come se solo in quel momento si fosse accorta della sua presenza.

«Tornerò a lavorare quando starai meglio.»

«Io *sto* meglio, non serve che continui a restare qui. E nemmeno tu, Anna.»

«Noi siamo più tranquilli rimanendoti vicini» replicò la sorella.

«Ma Alberto deve…» Si interruppe. Era troppo stanca per spiegarle che il suo matrimonio era finito e che Alberto non poteva sacrificare la carriera e il lavoro ai sensi di colpa. In quel momento avrebbe dovuto essere a Bologna, e non al suo capezzale.

«Emma, non ci sono problemi.» La voce di lui. «La sola cosa che mi importa è vederti guarita.»

Era proprio come pensava: suo marito si sentiva in qualche modo responsabile dell'incidente e non se ne sarebbe andato fino a quando non l'avesse rivista in piedi. Se era questo che voleva, libero di immolarsi al dovere: in quel momento lui era l'ultimo dei suoi pensieri. Da settimane giaceva immobile in un letto d'ospedale. Le avevano rasato i capelli, aperto la testa, straziato il corpo con tubi e aghi. Parlava a fatica e non poteva muovere le gambe: adesso toccava a lei ricostruire quella specie di rottame che era diventata, riprendere possesso di un corpo che sentiva estraneo. Questo era il suo dramma, il solo futuro che riusciva a prospettarsi: una fatica immane, un pensiero devastante.

Emma fu dimessa il 10 febbraio e trasportata direttamente al Politerapico San Cristoforo, il Centro suggerito dal chirurgo.

Era una struttura privata sorta circa un anno prima alla periferia sud di Melzo e ricavata da un vecchio cotonificio: una lunga costruzione rettangolare in mattoni rossi originariamente circondata dalla campagna. Era rimasto un piccolo appezzamento di terreno che i soci del Centro avevano fatto recintare, trasformandolo in un piccolo parco pieno di alberi e di cespugli da fiore.

Il reparto degenze occupava metà del fabbricato: venti stanze disposte lungo un grande corridoio, e con le finestre affacciate su un lato o l'altro del parco. L'altra metà era stata riservata alle strutture: l'ambulatorio, la palestra, una piscina coperta e cinque studi medici.

Emma scese dalla macchina sollevata di peso da Alberto. Un infermiere venne loro incontro con una carrozzella, e aiutò Alberto a farvela sedere. Emma fissò quella lunga costruzione di mattoni rossi con il cuore stretto, come il condannato che sta per essere rinchiuso in prigione. Per quanto tempo avrebbe dovuto restare chiusa lì dentro?

V

Il San Cristoforo non era una prigione, ma un piccolo universo a sé stante che sembrava ruotare ad anni luce di distanza dalla realtà comune: erano diversi i comportamenti, le regole, i rituali, i rapporti umani. Le stesse persone, tutte in carrozzella e apparentemente accomunate dall'identico handicap, erano invece diverse l'una dall'altra, ciascuna con una propria storia e un proprio dramma.

Emma scoprì, incredula, quanti banali incidenti potessero spezzare la vita e la schiena: un tuffo maldestro, uno scivolone, una caduta, un tamponamento... E nel volgere di pochi giorni il suo iniziale disagio sparì: al San Cristoforo l'handicap era *normalità* e le terapie di riabilitazione scandivano le giornate. Concentrati nella battaglia contro la paraplegia o la tetraplegia, i degenti sembravano indifferenti a tutto ciò che avveniva al di fuori del loro microcosmo e persino agli affetti più cari.

Emma capì ben presto perché i medici sconsigliavano ai familiari le visite troppo frequenti: il loro arrivo li destabilizzava e li agitava. Parlavano un linguaggio diverso. Camminavano. Evocavano interessi, abitudini e realtà che non esistevano più.

Fu quanto accadde anche a lei. L'arrivo di Anna o di Alberto, che nei primi giorni aveva atteso con ansia, cominciò a causarle irrequietezza e disagio.

Un pomeriggio vennero a trovarla insieme, e lo spiegò a entrambi con franchezza, esortandoli a riprendere il loro lavoro e la vita di ogni giorno. Lei non aveva bisogno di nulla: al Centro era curata e assistita nel migliore dei modi.

La giornata di Emma iniziava alle otto. Maria, una sorridente e robusta infermiera ucraina, la aiutava a scendere dal letto e la trasportava con la carrozzella nel bagno attiguo. Alle otto e mezzo, terminata la doccia, le portavano la colazione e alle nove veniva condotta nell'ala sinistra del Centro. Conosceva ogni angolo dell'ambiente e l'odiata carrozzella le era ormai familiare come se fosse diventata parte integrante del suo corpo. La mattinata trascorreva passando da uno studio all'altro per le terapie individuali: elettrostimolazioni, magnetoterapia, massaggi manuali.

Dopo avere pranzato nella saletta della mensa, tornava nella sua stanza per un breve riposo e alle tre e mezzo riprendeva le terapie, ma stavolta di gruppo: nuoto in piscina, esercizi di ginnastica dolce in palestra. Le era vietato qualunque esercizio che comportasse una trazione o un carico a livello vertebrale, dove aveva riportato lo schiacciamento ed esisteva ancora un lieve stato infiammatorio.

Ma Emma non aveva fretta di rimettersi in piedi. Non aveva mentito rassicurando il marito e la sorella: al San Cristoforo si trovava davvero bene e aveva ridimensionato il suo dramma: rispetto alla maggior parte dei degenti lei era fortunata perché sicuramente avrebbe recuperato l'uso delle gambe e col tempo l'incidente sarebbe diventato solo un brutto ricordo.

Conosceva i nomi e le storie di tutti, ma si intratteneva a chiacchierare solamente con i tre che facevano parte del suo gruppo e avevano il suo stesso trainer medico. La più giovane era Daria, una ragazza romana di ventidue anni che, tamponata da un'auto, era stata sbalzata dal motorino.

Marco era un trentaduenne di Courmayeur, rimasto vittima di un incidente tanto banale quanto grave: la coda degli sci si era impigliata in un piccolo cespuglio sporgente mentre, schiena a valle, aiutava il figlioletto in una discesa, ed era caduto all'indietro a peso morto.

Vi era infine Antonio, un imprenditore veneto di quarant'anni che durante una vacanza ai Caraibi aveva sbattuto violentemente la schiena contro il bordo della piscina, colto di sorpresa dal solito amico spiritoso che l'aveva buttato in acqua.

Loro stessi le avevano raccontato i particolari degli incidenti: ma nonostante trascorressero gran parte della giornata insieme, Emma non era riuscita a stabilire un rapporto realmente amichevole con loro. Ne fu, dapprima, vagamente amareggiata. Ma col trascorrere dei giorni si rese conto che era così per tutti i gruppi di degenti. La comune disgrazia scoraggiava, anziché favorire, la familiarità e l'amicizia.

Ed Emma ne comprese la ragione: la degenza al San Cristoforo veniva vissuta come una necessaria situazione di temporaneità che contrastava con la nascita di un legame affettivo stabile. Tutti i discorsi vertevano sulla riabilitazione e avevano come scopo il rafforzare la certezza di un totale recupero. Si parlava di altri centri esistenti all'estero, si favoleggiava di tecniche chirurgiche innovative, si facevano i nomi di tetraplegici rimessi in piedi da questo o quel medico cinese...

Daria e Marco erano paraplegici, Antonio tetraplegico: ma, come tutti i degenti, rifiutavano visceralmente la realtà di un handicap permanente e si sottoponevano alle terapie con la sicurezza di uscire dal San Cristoforo con le loro gambe.

Questo cieco ottimismo fu, per Emma, un'altra fonte di incredulità e sbalordimento.

Ne parlò con Lucio, uno dei suoi fisioterapisti.

E la sua spiegazione le aprì gli occhi. «Nessuno sopravvivrebbe alla tragedia se non fosse sostenuto dalla certezza di guarire» le spiegò.

«Ma non è onesto alimentarla!»

«E perché no? Innanzi tutto esistono davvero dei recuperi inattesi, miracolosi. Ogni organismo può avere delle risorse che non conosciamo e ogni lesione ha un suo evolversi che per certi versi è sconosciuto alla stessa medicina.»

«Parli come i degenti» obiettò Emma. «In realtà sai bene che escono da qui nelle stesse condizioni in cui sono arrivati.»

«Questo non è vero perché tutti recuperano qualcosa: qualche riflesso, la motilità degli sfinteri, la capacità di alcuni movimenti... Ed escono da qui anche psicologicamente rafforzati.»

«Ma continuano a sperare nel miracolo.»

«E anche questo è un bene: col passare dei mesi, mano a mano che la speranza si ritrae subentrano la rassegnazione, la consapevolezza di dover convivere con il proprio handicap e costruire una esistenza diversa.»

Tre settimane dopo il ricovero al San Cristoforo Emma ebbe il permesso di tornare a casa per un fine settimana. Indossò un tailleur azzurro polvere e per la prima volta dopo l'incidente si soffermò davanti allo specchio per truccarsi. I capelli le erano ricresciuti di un paio di centimetri e formavano una ispida raggiera sul viso smagrito. La sottile linea violacea della cicatrice divideva in due questa raggiera creando l'effetto di due ciuffetti in cima alla testa.

Emma si vide brutta e ridicola. Dopo qualche istante di esitazione, accese il cellulare per chiamare Anna e Alberto e pregarli di tornare indietro: non si sentiva ancora pronta per lasciare il Centro, sia pure per due giorni e mezzo. Purtroppo arrivarono prima che potesse avvertirli, e a quel punto non se la sentì di affrontare le loro insistenze e le loro proteste.

Anna si complimentò per il suo aspetto e Alberto la aiutò a salire sulla macchina osservando con voce allegra che aveva fatto progressi eccezionali. In realtà dovette sollevarla quasi di peso dalla carrozzella, esattamente come aveva fatto tre settimane prima.

Ma ancora una volta Emma rinunciò a discutere. Mentono a loro stessi, pensò mentre il marito metteva in moto, perché rifiutano di vedere le mie condizioni. Non è me che vogliono rassicurare, ma loro stessi. Non è per me che soffrono, ma per la tensione e i problemi che il mio stato gli causa.

Tuttavia li capiva. Per due mesi si erano angosciati e stremati per lei, e adesso desideravano soltanto lasciarsi quell'incubo alle spalle. Ciò che non sopportava era il doversi sentire in colpa perché ancora non riusciva a camminare, quasi lo facesse per dispetto.

Anna ruppe il silenzio. «Alberto mi ha invitato a stare a casa vostra durante questo fine settimana.»

«L'unione fa la forza.»

Sua sorella le lanciò un'occhiata perplessa. «È stato un pensiero gentile, per stare tutti insieme. Se però preferisci...»

«Va bene così. Io ho bisogno di aiuto, per tutto, e in due ve la caverete meglio.»

«Sto cercando una donna fissa» intervenne Alberto. «Per qualche tempo ne avremo bisogno.»

«È prematuro parlarne» Emma disse in fretta.

«Il direttore del Centro mi ha detto che ti dimetteranno tra un paio di settimane.»

«Non è possibile! Non cammino ancora!»

«Il tuo ciclo di cure tra due settimane sarà finito, e lo proseguirai a casa con un fisioterapista. Mi hanno dato anche l'indirizzo di una palestra specializzata... Al Centro hanno pochi posti e una lista d'attesa molto lunga, per casi più gravi del tuo.»

Emma si sentì come la vittima di un complotto. Non era pronta nemmeno per affrontare tutti i problemi che erano in sospeso. Il primo era il matrimonio con Alberto. Il suo incidente non aveva certamente risolta, ma semmai aggravata, la situazione che li aveva condotti alla decisione di separarsi.

Fino a quel momento lei si era adagiata nelle rassicurazioni del marito: tengo a te, sei la cosa più importante, non mi interessa niente del lavoro... Ma non potevano riprendere la vita a due fingendo di credere che i problemi non esistessero. Dovevano affrontarli, parlarne, fare chiarezza nel loro rapporto.

E io non sono pronta, Emma si ripeté sopraffatta dal panico.

Alberto e Anna la riportarono al San Cristoforo alle otto del lunedì. Emma li vide ripartire esausti e sollevati, come lei stessa si sentiva. Distesa sul letto, in attesa che arrivasse l'ora delle terapie, Emma ripensò a quel fine settimana.

Si erano comportati come tre attori drammatici costretti a esibirsi in una commediola tutta levità e gaiezza.

Anna aveva cucinato i suoi piatti preferiti. Alberto si era prodigato in modo spiritoso e impeccabile nel ruolo di infermiere. Avevano guardato la televisione, giocato a carte, chiacchierato. Persino i momenti più critici, quando lei e il marito si erano ritrovati soli nella loro stanza da letto, erano stati superati sdrammatizzando con humour l'impossibilità di avere un rapporto sessuale.

La commedia è finita, Emma si disse. Un bell'applauso a tutti e tre. Gli occhi le si riempirono di lacrime: non si era mai sentita triste e a disagio come in quel fine settimana.

Alle nove, quando raggiunse il reparto delle terapie, apprese che Daria stava per essere dimessa. Marco a sua volta avrebbe lasciato il Centro il mercoledì seguente per trasferirsi in una clinica di Londra, dove lavorava un "mago" della riabilitazione di origine cinese. Era il cammino della speranza di cui aveva parlato con il suo fisioterapista.

Ne riparlarono anche quel mattino. «Fortunatamente non è il tuo problema» lui le disse. Si fece serio. «A quest'ora dovresti già essere in piedi, Emma.»

La nota di rimprovero la fece irrigidire. «Credi che non lo vorrei anch'io?»

«È chiaro che lo vuoi, ma non abbastanza.»

«*Non abbastanza?*» proruppe. «Non penso ad altro!»

«E proprio qui sta il nodo. Nel profondo di te *non vuoi* camminare perché qui dentro ti senti protetta. Se non pensi ad altro è perché il falso problema di un handicap temporaneo ti impedisce di affrontare tutti gli altri.»

Colpita, Emma pensò avvampando. «Non sapevo che tu fossi anche psicologo» disse con voce tremante di umiliazione.

«Ho visto molti casi come il tuo. E ho parlato con tuo marito. So delle difficoltà che avete avuto.»

«Nell'ultimo anno abbiamo avuto solo quelle.»

«È una brava persona, Emma, ed è molto preoccupato per te.»

«È preoccupato soprattutto per se stesso» Emma ringhiò. «Stava per lasciarmi e andarsene in un'altra città, ma il mio incidente l'ha costretto a fermarsi. E adesso ha il terrore di dover trascorrere il resto della vita accanto a una donna invalida.»

«Tuo marito, sa bene, come tutti noi, che questo rischio non esiste.»

«Allora diciamo che teme di dover vivere con una donna isterica… inferma di mente. Una donna che si rifiuta di guarire per fargli un dispetto!» Finalmente l'aveva detto ad alta voce.

«È così?»

«Come puoi pensarlo? Niente mi umilia come i suoi sguardi da cane bastonato, le sue premure compassionevoli, i suoi sforzi per…» Il pianto le spezzò la voce.

«E allora metticela tutta e deciditi a mollare la carrozzella.»

Alle sei del pomeriggio, rientrando nella sua stanza, Emma vide Maria uscire da quella di Daria. L'inserviente ucraina le disse che era appena stata occupata da un'altra degente.

«Daria è già partita?» Emma chiese.

«A mezzogiorno. Mi ha detto di salutarla tanto.»

La forma è salva, Emma pensò. Ma perché amareggiarsi o stupirsi? Ormai sapeva che lì dentro si creavano soltanto rapporti epidermici e casuali.

«Chi è la nuova degente?» chiese, tanto per dire qualcosa.

«Una ragazza molto bella che ha avuto un gravissimo incidente d'auto. Il suo bambino di due anni è morto sul colpo e suo marito, che guidava, non si è fatto quasi niente.»

L'italiano di Maria, elementare e preciso, diede ad Emma l'entità di quella tragedia. Povera donna, pensò col cuore stretto.

«Continua a piangere. Dice che non vuole stare qui e che era meglio se la lasciavano morire con il suo bambino» aggiunse Maria.

Il mattino seguente, mentre aspettava il suo turno per

le elettrostimolazioni, Emma apprese altri particolari. Lei era una ex fotomodella indonesiana ed era stata in coma per due mesi. Suo marito si era fratturato soltanto una gamba e zoppicava ancora. L'incidente era avvenuto mentre tornavano da una breve vacanza in Costa Azzurra. «Pare che lui sia molto ricco» disse una donna.

Commentò un'altra: «Io l'ho visto poco fa uscire dallo studio del direttore. Ha l'aria molto antipatica».

VI

Doveva avere circa trent'anni, era piuttosto alto e col fisico di uno sportivo. Emma capì subito che era il marito della ex fotomodella indonesiana perché rispondeva perfettamente alla descrizione che ne aveva udito fare il giorno prima: zoppicava leggermente e aveva il volto chiuso in una espressione accigliata e priva di cordialità.

Lo vide entrare nella mensa e dirigersi verso il tavolo di fronte a lei. Si sedette senza guardarsi intorno e senza rivolgere alcun cenno di saluto agli altri commensali. Sì, era decisamente poco simpatico.

Qualche minuto dopo, mentre una cameriera gli si avvicinava per le ordinazioni, Emma non poté fare a meno di osservarlo. Aveva i capelli corti e ricciuti e il viso dai lineamenti squadrati e decisi. Non era bello, ma evocava quell'intimidatorio fascino virile che a Emma non era mai piaciuto.

Abbassò subito gli occhi accorgendosi con imbarazzo che lui la stava fissando, come a dire: ci conosciamo? Ha bisogno di qualcosa? Finì in fretta il suo budino, sbloccò la carrozzella e si diresse verso l'uscita.

Lo rivide nel pomeriggio, in piscina. Seppe da Antonio, l'ultimo del suo gruppo non ancora dimesso, che soltanto la moglie era ricoverata al San Cristoforo: lui arrivava al mattino e usciva la sera, per restarle vicino, e approfittava delle strutture del Centro per curare i postumi dell'incidente. Sua moglie, invece, a quanto Antonio aveva sentito dire, rifiutava di curarsi. Nessuno l'aveva ancora vista nel reparto delle terapie o da un medico.

Emma ne ebbe la conferma il giorno successivo, in mensa. Il giovanotto entrò con un medico del Centro e si sedettero a un tavolo poco distante dal suo. Le fu impossibile non udire ciò che si dicevano. Agli inizi parlò soltanto il medico, spiegando che il direttore sanitario aveva deciso di dimettere sua moglie. La sua degenza nel Centro non solamente era inutile, dal momento che rifiutava di iniziare le terapie di riabilitazione, ma poteva rivelarsi addirittura controproducente: il San Cristoforo non era attrezzato per offrire l'assistenza medica e il supporto psicologico di cui la paziente aveva ancora bisogno, e rimanere lì significava soltanto aggravare la situazione.

Il giovanotto protestò vivacemente: sua moglie era stata inviata in quel Centro dagli stessi medici che l'avevano salvata e curata, e si stupiva per l'insensibilità del direttore sanitario. Non era di altre cure o di uno psicologo che aveva bisogno, ma solo di comprensione e di pazienza. Nell'incidente aveva perduto un bambino di due anni e il figlio che aspettava, era *normale* che fosse disperata e non le importasse nulla guarire e sopravvivere. Buttarla fuori di lì equivaleva a lavarsene le mani, scaricare un caso solo perché comportava qualche problema e un po' di impegno in più.

Il medico replicò che tutti comprendevano il dramma della povera signora, ma ribadì che la loro era una struttura specializzata nella riabilitazione motoria, con pochi posti e moltissime richieste: trattenere a tempo indeterminato una degente che rifiutava con forza ogni cura significava occupare inutilmente una stanza e togliere a un altro malato la possibilità di essere accolto nel Centro. Il suo consiglio rimaneva lo stesso: chiedere l'aiuto di uno psicologo e riportare la signora al San Cristoforo quando fosse stata finalmente pronta per collaborare coi medici e iniziare la riabilitazione.

Il giovanotto non disarmò: erano trascorsi oltre due mesi dall'incidente, e il rimandare di settimane o mesi le terapie significava praticamente condannare sua moglie a un'invalidità irreversibile: come medico, doveva sapere che il massimo del recupero avveniva entro i primi mesi e dipendeva in gran parte dalla tempestività con cui veniva sollecitato. A costo di ricorrere alla legge, sua moglie sarebbe rimasta lì. Era *certo* che nel volgere di pochi giorni si sarebbe lasciata convincere a curarsi.

Il medico si alzò dal tavolo: a quel punto spettava al direttore sanitario prendere una decisione, disse congedandosi. Il giovane uomo rimase invece seduto. L'espressione combattiva e dura era d'un tratto sparita dal suo viso ed Emma vi scorse una profonda angoscia.

Distolse in fretta lo sguardo. Aveva ormai finito di mangiare e doveva andarsene, ma la imbarazzava passare davanti al tavolo di lui. La discussione col medico era avvenuta a voce alta e a tre metri di distanza: sicuramente anche l'uomo era imbarazzato sapendo che un'estranea aveva udito tutto. Ma non poteva continuare a restare seduta davanti ai piatti vuoti.

Muoviti, si disse. Sbloccò la carrozzella e la diresse in fretta verso l'uscita tenendo ostentatamente gli occhi bassi. Ma nel passare accanto a lui urtò il suo tavolo con una spalla, con forza, e il vassoio precipitò a terra.

«Oh, Dio... mi dispiace» Emma sussurrò fissando due piatti rotti e il cibo sparso sul pavimento.

L'uomo si curvò senza rispondere per raccogliere il vassoio.

«Mi dispiace» Emma ripeté, affranta. Le lacrime le punsero gli occhi.

«Non è successo niente.» La fissò accigliato e stupito. «Le sembra il caso di disperarsi per due piatti rotti?»

Emma fece di no con la testa. «Ho sentito di sua moglie… di quello che vi è successo…»

Lo vide irrigidirsi. «Mi dispiace, non dovevo…» disse in fretta.

«La smetta di autoflagellarsi.»

Emma arrossì. «Lei non è gentile.»

«Detesto le persone che si impicciano dei fatti altrui.»

«Io non…» Si interruppe furiosa, più con se stessa che con lui. Approfittando dell'arrivo di una inserviente, mise in moto la carrozzella e lo piantò in asso.

Cretina. Cretina. Cretina. Come aveva potuto impietosirsi per quel cafone? Pensare che avesse bisogno della comprensione di un'estranea?

Quattro ore dopo, in palestra, Emma fu ricondotta bruscamente alla realtà della propria situazione. Il suo trainer la stava aspettando con la cartella degli esami che le avevano fatto tre giorni prima. «Le tue vertebre sono a posto, possiamo iniziare con gli esercizi di cinesiterapia attiva» annunciò.

La condusse con la carrozzella davanti alla nuova attrezzatura. «Adesso ti mostrerò punto per punto quello che dovrai fare: osserva con attenzione.»

Il trainer si sedette su una carrozzella vuota e la spinse nel mezzo di due corrimano paralleli, distanziati tra loro di poco più di un metro. Incurvando il busto in avanti, strinse saldamente le dita sui due corrimano e facendo leva con le braccia si sollevò in piedi.

«Hai visto bene, Emma? È importante che concentri tutta la forza nelle spalle e nelle braccia prima di tendere la schiena verso l'alto.»

«È impossibile! Io non riesco ancora a stare in piedi!»

«È arrivata l'ora di farlo. Questi» spiegò battendo le

dita sui corrimano «ti aiuteranno a sostenerti.» Lentamente, spostando in avanti prima un braccio e poi l'altro, cominciò a percorrere i tre metri che conducevano verso una poltroncina girevole. «Guarda bene, Emma. Sto continuando a scaricare la schiena facendo lavorare le braccia e...»

«Per te è facile, puoi muovere le gambe!»

«Anche tu, se invece di fare i capricci ti impegni a lavorare con me. Adesso hai i muscoli tonici, la compressione vertebrale non c'è più e devi soltanto fare un po' di esercizio per recuperare i riflessi motori. Ma non perdiamo il tempo in chiacchiere. Continua a osservarmi.»

Riattaccandosi ai corrimano, raggiunse passo dopo passo la poltroncina girevole. Roteando il busto verso destra spostò la mano sinistra sullo schienale, fece girare la poltroncina e, quando il bordo della seduta arrivò in corrispondenza dell'incavo delle ginocchia, staccò la mano e si lasciò cadere.

Emma seguì stregata i suoi movimenti come quando, bambina, osservava al circo le esibizioni di un acrobata. Ma fu subito sopraffatta da impotenza e ira. Non poteva farcela. Non era ancora pronta per un esercizio così impegnativo. «E adesso?» chiese con sarcasmo. «Devo fare un salto triplo sulla poltroncina?»

Il trainer le rispose a tono. «Quello lo farai domani. Per oggi basta che tu ripeta questi semplici movimenti.»

Emma lo vide, seduto, girare la poltroncina davanti a un sacco di gomma cilindrico simile a quello che i pugili usano per allenarsi. «Guarda bene che cosa sto facendo.»

«Sono tutt'occhi.»

Il trainer sollevò leggermente le braccia e le passò sotto il ginocchio destro. «Adesso incrocio le dita delle due mani per fare presa e le sposto leggermente più in basso, verso il polpaccio. Faccio un lungo respiro e sollevo la gamba allungandola lentamente contro questo sacco. Mi segui?»

«Sì.»

«Quando avrai ben steso il piede, distenderai la schiena contro lo schienale, come sto facendo io, e comincerai a flettere le ginocchia senza mai staccare il piede dal sacco. Come vedi è sospeso a un gancio: muovendo la gamba avanti e indietro, si sposterà con te opponendo una leggera resistenza. Dopo dieci flessioni, incrocerai le dita sotto l'altra gamba e ripeterai l'esercizio.»

«Sono stanca solo a guardarti... Non si può rimandare a domani?»

«Domani faremo altri esercizi contro una resistenza maggiore.»

«Ti odio.»

«Benissimo. Una bella scarica di adrenalina non può che aiutarti.» Trasportò la carrozzella davanti ai corrimano. «Attaccati e comincia.»

Dopo qualche istante di esitazione, Emma spinse il busto in avanti e si aggrappò alle due parallele stringendole con le dita ad artiglio. *Adesso*, si ordinò inarcando la schiena e facendo leva sulle braccia con tutte le sue forze. Si sollevò di qualche centimetro, e subito ricadde sulla carrozzella.

Soltanto al quarto tentativo riuscì a mettersi in piedi. Per qualche istante le parve che le scoppiasse il cuore. Restò immobile, il corpo scosso da un tremito convulso e il sudore che le imperlava la fronte.

«Brava» la complimentò il trainer. «Adesso spingi in avanti le braccia e comincia a muoverti. Non inclinarti in avanti, devi fare leva sulle braccia, come prima.»

«Non sento le gambe...» sussurrò. Era una sensazione spaventosa, la stessa che aveva provato in ospedale quando per la prima volta aveva tentato di muoverle e aveva avuto il terrore di essere rimasta paralizzata per sempre.

«Non devi *sentirle*, Emma, ma solo spostarle. Sono tue. Fanno parte del tuo corpo e devi imporgli di muoversi. Avanti, concentrati. E chiedi aiuto alle braccia.»

Fu quanto Emma fece, serrando il labbro tra i denti. *Adesso*, si ordinò per la seconda volta spingendo in avanti il braccio destro e caricandolo di tutto il peso del corpo per potersi spostare in avanti trascinando con sé anche la gamba sinistra. Dapprima si mosse il piede. Un movimento breve e scomposto, come quello di un uccellino azzoppato.

«Continua! Non fermarti!»

E poi si sollevò la gamba.

«Brava! Adesso portala in avanti!»

A Emma parve di sollevare un peso immane e il suo corpo barcollò per lo sforzo. Ma il miracolo avvenne: prima di ricadere, il piede trascinò in avanti con sé la gamba di qualche centimetro.

«Ce l'hai fatta! Adesso muovi l'altra gamba!»

Il miracolo si ripeté. Anche il piede destro si sollevò e ricadde in avanti con la gamba. Emma trattenne il fiato, incredula. Cammino, pensò. La felicità la travolse come un'ondata e ci riprovò di nuovo, con la frenesia di risentire quella emozione. Mosse un passo, due passi, tre passi... Al quarto incespicò e cadde.

Il trainer le corse accanto e l'aiutò a risollevarsi. «Forza, non mollare.»

Emma fece di no con la testa. Si aggrappò ai corrimano e, spingendo in avanti prima un braccio e poi l'altro, ricominciò a trascinarsi sulle gambe. Le tempie le pulsavano, il cuore le batteva precipitosamente. Cadendo, rialzandosi, facendo sempre più forza sugli avambracci riuscì a raggiungere la poltroncina. Vi crollò pensando: adesso muoio.

«Brava! Non fermarti!» Il trainer, implacabile.

Emma inspirò a fondo e provò a sollevare i piedi puntandoli verso il cilindro.

«Così non puoi farcela. Distenditi contro lo schienale e allunga le gambe senza sollevarle.»

«Non ce la faccio lo stesso...»

«Riprova. Hai camminato per tre metri, le tue gambe stanno funzionando.»

Emma si distese il più possibile. Il cilindro, adesso, era a cinque centimetri dai suoi piedi. Inarcò la schiena e si spinse in avanti con uno scatto brusco. I piedi affondarono nella morbida imbottitura, trovandovi un sostegno che le scaricò il peso dalle gambe dandole una meravigliosa sensazione di leggerezza.

«E allora?» la esortò il trainer. «Non siamo qui a fare salotto.»

«Lasciami riprendere fiato» supplicò Emma.

«Per far raffreddare i muscoli? Non se ne parla nemmeno. Coraggio, è l'ultimo sforzo.»

Fu anche il più impegnativo. Come Emma provava a flettere le ginocchia, i piedi scivolavano dal cilindro e le gambe ricadevano a peso morto. Finalmente riuscì a coordinare i movimenti. I piedi ritrovarono un saldo sostegno nell'imbottitura e le ginocchia cominciarono a muoversi.

«Una gamba alla volta, Emma, come se stessi pedalando. Forza, vai benissimo!»

«Mi scivolano i piedi dal cilindro...»

«E tu puntali, non mollarlo.»

Gli occhi appannati dal sudore che colava dalla fronte, la schiena irrigidita, gli avambracci trafitti da spasmi lancinanti, Emma provò e riprovò fino a quando avvenne la magia: le gambe erano tornate ad essere una parte del suo corpo. Poteva allungarle, fletterle, muoverle, governarle...

Incurante della stanchezza e del dolore, continuò a

farlo fino a quando il trainer non ordinò: «Per oggi basta».

La tensione crollò ed Emma scoppiò in un pianto liberatorio, gettandogli le braccia al collo: l'incubo era finito.

Quella sera stessa ricevette nella stanza il cartellino con il nuovo programma delle cure: l'elettrostimolazione, i massaggi, gli esercizi di ginnastica passiva e la magnetoterapia non vi figuravano più. Per l'ultima settimana di degenza erano previsti un'ora di esercizi in piscina, al mattino, e due ore di ginnastica riabilitativa col trainer, al pomeriggio.

VII

Neppure i primi abbracci di Alberto le avevano suscitato il languore, l'appagamento e l'abbandono che Emma provò al mattino dopo nuotando in piscina. Sentiva il corpo libero e leggero, e allo stesso tempo si muoveva nell'acqua avvertendo fisicamente le gambe, le braccia, il collo, le spalle. Era il *suo* corpo. Lo riconosceva, le obbediva, era in perfetta armonia con i suoi pensieri.

Sono felice, Emma si disse estatica allungandosi sul dorso. Qualunque cosa accada, non darò mai più per scontato quell'enorme privilegio che è potersi muovere, camminare, essere vivi. Il rumore dell'acqua smossa la distolse dalle sue riflessioni. Sollevò la testa e lo vide. *Il cafone.* Si era tuffato nella piscina e stava nuotando verso di lei.

«Buongiorno» le disse in tono amichevole.

Emma, stupita, ricambiò il saluto con un impercettibile cenno della testa e fece per nuotare verso il bordo della piscina.

Il giovanotto la trattenne delicatamente per una spalla. «Aspetti, Emma.»

«Ci conosciamo?»

«Ieri pomeriggio l'ho vista in palestra, col suo istruttore. Ero a pochi metri da voi e...»

«Non erano previsti gli spettatori.»

«Stavo facendo i miei esercizi, e mi sono interrotto per osservarla. Ha dimostrato una forza di volontà straordinaria.»

Emma non seppe che cosa rispondere. «Devo andare» disse dopo qualche istante.

«E io devo scusarmi per la villania con cui l'ho trattata. Lei sa che cosa mi è successo. Dopo l'incidente sono diventato un cane ringhioso.»

Emma si trattenne per tempo dal dire "mi dispiace". Assentì silenziosamente, sentendosi d'un tratto meschina per averlo detestato.

«Vorrei che mia moglie avesse la sua stessa forza di reagire» confessò inaspettatamente.

«Io non ho avuto una tragedia come la sua…»

«Se Sulu accettasse di curarsi, subito, forse potrebbe camminare di nuovo. E invece tra due giorni la allontaneranno da questo Centro. Quando glielo dico, mi aggredisce con violenza. Pensa che io sia mosso dall'egoismo, dalla paura di vivere con una invalida, e mi odia perché riesco a sopravvivere. Credevo che la nostra tragedia ci unisse ancora di più e invece…»

«Vuole che le parli io?» Emma chiese impulsivamente.

L'uomo scosse la testa. «Non servirebbe. Dopo la morte del nostro bambino, Sulu odia tutti, compresa se stessa, per la grande colpa di essere vivi.»

«È terribile» Emma mormorò con un brivido.

«È in acqua da troppo tempo. Venga.»

«Dovrebbe arrivare un infermiere con la carrozzella. Non riesco ancora a camminare da sola.»

«L'aiuto a uscire dalla piscina.»

Emma lo seguì nuotando fino alla scaletta e si fermò. «Non posso salire…»

«Non ci sono problemi, la sollevo io.» Si mise in piedi dietro di lei e dopo averla afferrata saldamente per la vita la sdraiò sul bordo della piscina. Risalì in fretta la scaletta e la fece sollevare in piedi sostenendola per le ascelle.

«Si appoggi a me, Emma.»

In quel momento sopraggiunse l'infermiere con la carrozzella ed Emma vi si sedette con sollievo. «La ringrazio molto» disse all'uomo, tendendogli la mano.

«Scusi se non mi sono ancora presentato. Mi chiamo Fabio. Fabio Volonté.»

Lo rivide solo tre giorni dopo. Stava uscendo dalla stanza e spingeva la carrozzella della moglie. Un inserviente del Centro teneva in mano due sacche. Fabio si fermò per salutarla: stavano lasciando il San Cristoforo. Si curvò sulla moglie: «Sulu, questa è Emma, la ragazza di cui ti ho parlato».

Sulu si raggomitolò su se stessa, il viso celato dietro i lunghissimi capelli neri che a Emma parvero un funereo sipario. Non avrebbe mai scordato quella sensazione raggelante. E nemmeno lo sguardo che Fabio rivolse alla moglie, pieno di struggimento e di amore.

«Vi faccio tanti auguri» Emma disse. Il volto di Fabio si sollevò verso di lei e la maschera adorante si trasformò in un gentile sorriso. «Tanti auguri anche a lei.»

Una settimana dopo anche Emma fu dimessa. Alberto venne a prenderla e la riportò a casa. Quella sera fecero l'amore. Era la prima volta dopo otto mesi.

«Ti amo» disse Emma, perché erano le parole che desiderava dire.

«Ti amo» rispose Alberto, perché era la risposta che desiderava dare.

Adesso Emma riusciva ad alzarsi e a camminare, ma aveva ancora bisogno delle stampelle. Ogni mattina eseguiva gli esercizi di ginnastica che le erano stati insegnati al San Cristoforo e tre volte alla settimana un fisioterapista si recava da lei per proseguire le terapie di riabilitazione.

Nonostante le insistenze di Alberto, aveva rifiutato l'aiuto di una domestica fissa: non soltanto perché ormai era autosufficiente, ma anche perché le dava fastidio la sola idea di avere in casa, giorno e notte, una persona estranea. Anna le mandò la vedova del suo ex portinaio, una efficiente e taciturna signora di mezza età che si era trasferita in un paese dei dintorni. Arrivava alle nove del mattino e a mezzogiorno, quando se ne andava, lasciava la casa lustra come uno specchio.

Il libro che Emma stava traducendo prima dell'incidente era stato affidato a un'altra persona. Il suo editor era venuto a trovarla proponendole la traduzione di un romanzo americano, ma Emma aveva preso tempo: non si sentiva ancora pronta per ricominciare a lavorare e rispettare delle scadenze.

Trascorreva le giornate con una continua e oscura sensazione di provvisorietà, come se stesse vivendo un periodo transitorio in attesa che accadesse o cambiasse qualcosa. E invano si ripeteva che dopo il dramma degli ultimi mesi tutto era tornato alla normalità. *Quella* era la sua vita. *Quella* era la sua casa. Forse assomiglio a mia madre, pensò un giorno. Scacciò con forza quel sospetto.

Sua madre se n'era andata quando lei aveva otto anni e Anna dodici, per seguire in Australia l'uomo di cui si era innamorata. Non si era più fatta viva, neppure quando il loro padre era morto. Emma non ne aveva mai sentito la mancanza. Più avanti, ricostruendo con l'ottica di una persona adulta la sua infanzia, ne aveva compreso la ragione: sua madre era stata la prova vivente che l'amore materno non è obbligatorio né sempre insito nella natura femminile. L'immagine che aveva elaborato di lei era quella di una donna irrequieta, svagata, scontenta.

Pur bellissima (la ricordava alta, bionda, con un grande seno) era priva di fisicità. La tenerezza, gli abbracci, l'amore lei e Anna li avevano avuti dal padre. Non posso assomigliare a mia madre, Emma pensò, perché non mi ha lasciato niente e l'ho sempre sentita estranea. Sono irrequieta e confusa perché ho subito un grave intervento, sono stata in coma e ho lottato e faticato a lungo per rimettermi in piedi. Adesso devo ricostruire la mia vita, il mio matrimonio.

Alberto usciva al mattino alle otto e rientrava ogni sera, puntualmente, alle sei. Le telefonava almeno tre volte al giorno: come stai, hai bisogno di qualcosa, non stancarti, non essere imprudente. Era tornato l'uomo premuroso, devoto e attento di quando l'aveva conosciuto.

Ma quanto durerà? Eccolo, l'interrogativo subdolo che insidiava la sua serenità. Una parte di lei assisteva con estraneità e diffidenza al cambiamento di Alberto e l'altra parte si angosciava al pensiero che prima o poi si sarebbe stancato e avrebbe ricominciato a trascurarla, a tradirla. *Hai paura di perdere lui oppure una persona da amare?* Amo lui, si rispose con forza.

Quella sera, quando Alberto tornò a casa, la trovò truccata con cura e pronta per uscire. Emma aveva capito per tempo quanto insostenibile e frustrante fosse l'esistenza a cui aveva ridotto suo marito: di giorno in banca, impegnato in un lavoro senza più prospettive, e di sera in casa davanti al televisore, accanto a una moglie silenziosa, immusonita e sciatta.

Affrontò l'argomento con franchezza un'ora dopo, quando furono al ristorante, confessandogli quanto si sentisse in colpa per aver egoisticamente pensato soltanto a se stessa. «Io non voglio perderti» gli disse.

Alberto allungò le mani per stringere le sue. «Ti stai ponendo un problema che non esiste. Io sono felice, e...»

«*Felice?*» lo interruppe Emma. Quell'aggettivo le era suonato come un vago campanello d'allarme. «Stiamo facendo un discorso serio, non recitando la commedia del matrimonio perfetto.»

«Di quale commedia parli? Io con te sto bene, non mi sento affatto frustrato e non vedo perché dovrei lasciarti. È questo che intendevo dire.»

«Prima del mio incidente stavi per farlo.»

Alberto ritrasse le mani. «Mio Dio, Emma, adesso è cambiato tutto!» La sua voce vibrò di irritazione.

«Non certo in meglio. Volevi lasciarmi perché, parole tue, la vita con me era diventata deprimente, senza significato. Ti sembra che adesso sia più...»

«Hai voglia di litigare? Questo è un discorso vecchio, superato.»

«In realtà non lo abbiamo mai affrontato. Dopo il mio incidente abbiamo ripreso a stare insieme come se ogni problema fosse miracolosamente scomparso.»

«Parlami dei tuoi: io non ne ho.»

«Forse hai paura di vederli. Escludo che la vita con me ti sembri stimolante, il lavoro ti appaghi, non abbia mai dei rimpianti per i progetti che hai dovuto abbandonare.»

«Il solo punto su cui hai ragione è il lavoro. Ma c'è qualche prospettiva in vista.» Prevenne la sua protesta. «Avrei preferito parlartene più avanti.»

«Mettendomi di fronte al fatto compiuto, come per il trasferimento a Bologna? Non è cambiato proprio niente, Alberto. Hai delle *prospettive* e non senti il desiderio di parlarmene. Nemmeno un cenno, un...»

«Non c'è ancora niente di deciso, Emma! Solo approcci, colloqui informali. Contavo di parlartene se e quando si fosse concretizzato qualcosa.»

«Ma nel frattempo, immagino, starai riflettendo. Avrai pure delle aspettative, delle ansie. Perché mi hai tagliato fuori? Passiamo le nostre serate in silenzio, davanti al televisore... Perché non mi hai raccontato di quegli approcci, di quegli incontri?»

«Te l'ho già spiegato. Ma a quanto pare vorresti portarmi ad ammettere le *verità* che piacciono al tuo disfattismo: ti considero un'estranea, il nostro matrimonio è uno strazio, non parliamo più, sto facendo progetti senza di te. Eccetera eccetera.»

«È così che mi vedi? Una masochista con la voglia assatanata di brutte notizie?»

«Non alzare la voce, siamo in un locale pubblico» la riprese severo.

«E tu non dire idiozie.»

«È questa la bella serata che ti proponevi per ravvispare la nostra routine?»

«Volevo solo parlare... Dirti che mi sono resa conto dei sacrifici che ti ho costretto a fare... Analizzare insieme, con onestà, i problemi che ci hanno divisi e quelli che sono rimasti per aiutarci a risolverli. Ma tu neghi di averne. Liquidi tutto affermando che sei *felice*. E tra una frase e l'altra apprendo che hai delle *prospettive*...» si infervorò.

«Vuoi abbassare la voce?»

«Giusto. Recitiamo la parte della coppia perfetta.» Emma sussurrò provocatoriamente.

«Sei estenuante.»

«E masochista, rissosa, visionaria, deprimente, con una cicatrice in testa e le stampelle. Da quando sono tornata a casa mi sto chiedendo perché dovresti amarmi.»

«Ti amo e basta.» Allungò di nuovo le mani verso le sue. «Perché non vuoi credermi?»

Fu la stessa domanda che le fece Anna: perché dubitava dell'amore del marito proprio quando per la prima volta glielo stava dimostrando coi fatti? Lei stessa era stata costretta a modificare radicalmente l'opinione su Alberto. La smettesse di torturarsi e di chiedere la luna. Sua sorella concluse il predicozzo buttando lì l'insinuazione: forse era lei a non amarlo più, e cercava un alibi per giustificarsi, per scaricare i sensi di colpa...

La mente di Emma si ritrasse da questa ipotesi opponendovi la barriera del rifiuto totale. Era come chiedersi se due più due potesse fare cinque: semplicemente ridicolo. Tuttavia l'insinuazione sortì un effetto: Emma smise di tormentarsi nei dubbi. Era arrivata l'ora di guardare al futuro scacciando la stupida sensazione di provvisorietà. Alberto era diventato un altro uomo, il *suo* uomo, e quella era la loro vita: toccava a lei, adesso, cambiare e compiere un atto di fede.

Ti amo e basta. Accettare questa certezza come indiscutibile e scontata ingenerò in Emma un'altra certezza: anche in lei era rinato l'amore per il marito.

Una settimana dopo Alberto le parlò delle novità che si stavano profilando nel lavoro. Una importante banca tedesca era in procinto di aprire una filiale a Milano e gliene era stata proposta la direzione. Le trattative avevano preso una svolta concreta: i candidati rimasti dopo le selezioni erano due, e lui aveva la sensazione di essere quello favorito. Entro i prossimi giorni si sarebbe incontrato con Hans Schneider, vicepresidente del gruppo, per il colloquio definitivo, e già aveva preannunciato le possibili dimissioni al suo capo.

Era eccitato, entusiasta, fiducioso. Emma capì quale immensa prova di attaccamento le avesse dato sacrificandole la direzione di Bologna con la certezza di essersi precluso ogni altra possibilità di carriera. E, per questo, lo amò ancora di più.

VIII

Alberto la riconobbe immediatamente: era Chiara. Nessuna ragazza camminava con quell'andatura aggraziata e leggera, come se stesse danzando. Era sul lato opposto del marciapiede e stava attraversando la strada, dirigendosi nella sua direzione.

Fu tentato di voltare le spalle ed entrare in banca prima che anche lei lo vedesse: poco prima dell'incidente di Emma l'aveva lasciata da un giorno all'altro, senza una parola, semplicemente smettendo di cercarla. Era imbarazzante, adesso, ritrovarsi faccia a faccia con lei e dover abbozzare delle spiegazioni pateticamente incredibili.

Ma la breve esitazione bastò perché Chiara finisse di attraversare. Non vi fu bisogno di alcuna scusa. Non appena lo scorse, gli si fece incontro e lo salutò con naturalezza, come se fossero due vecchi amici che si rivedevano per caso.

Chiara gli chiese notizie del suo lavoro a Bologna, Alberto rispose che all'ultimo momento aveva dovuto rinunciare al trasferimento: succintamente le spiegò dell'incidente occorso alla moglie, aggiungendo che comunque stava per cambiare banca.

Chiara gli fece i migliori auguri.

«Non vuoi bere qualcosa con me?» Alberto osò.

«Mi dispiace, ho molta fretta. Sarà per un'altra volta.»

Quel rifiuto lo sollevò: meglio così. Chiara era una

splendida ragazza, in tutti i sensi, e aveva rischiato di perdere la testa per lei. Non poteva correre nuovamente lo stesso rischio, e proprio quando il matrimonio con Emma sembrava aver ripreso a funzionare.

Sono davvero cambiato, pensò con un compiacimento non disgiunto da un'ombra di malinconia. È cambiata la mia vita, si corresse. I giorni e le notti trascorsi davanti al reparto di rianimazione, con la paura di perdere Emma, gli avevano fatto scoprire la dedizione e l'impegno. Sua moglie era finalmente serena perché le dimostrava che questo impegno non era nato dai sensi di colpa e dal panico. *Voleva* che il loro rapporto funzionasse. Le era fedele. Si dedicava a lei.

Tutto questo lo faceva sentire in pace con se stesso. Per la prima volta capiva che cosa significasse vivere serenamente e perché Emma avesse tanto lottato per raggiungere questo traguardo. Ma era un'altra vita: e non poteva onestamente rimproverarsi se quella che si era lasciato alle spalle gli appariva più entusiasmante.

«Dovere non è mai piacere», gli ripeteva sua madre quando era ragazzino e lo esortava a fare i compiti, a riordinare la stanza, a rimettere i giocattoli al loro posto. Era suo dovere essere un buon marito, e mai più vi avrebbe abdicato, ma non poteva mentire a se stesso: la felicità era un'altra cosa e non poteva rimproverarsi neppure l'acuta fitta di nostalgia per la stagione della libertà, delle avventure, dei brividi.

Provò un moto di affetto per Emma: come aveva fatto a sopportare l'uomo immaturo ed egoista che era stato? Prima di tornare in banca entrò nel vicino negozio di fiori e le fece mandare una gigantesca pianta di orchidee. *Ti adoro*, scrisse nel bigliettino.

Emma gli telefonò un'ora e mezzo dopo. «Odio le orchidee» gli disse ridendo «ma ho *adorato* il tuo pensiero e la tua megalomania. Avrai speso una fortuna.»

«Mi dispiace. Avevo dimenticato che...»

«Non importa, davvero. È una pianta bellissima.»

Accidenti a me, Emma si disse dopo aver riattaccato, perché non sono stata zitta? Era umiliata per la mortificazione che aveva avvertito nella voce di Alberto. Ma come aveva fatto a dimenticare la sua avversione per le orchidee? *Detestava* quel fiore carnoso sgraziato e dai colori senza gioia che aveva soltanto l'arroganza della rarità ed esigeva cure mostruose per non appassire dispettosamente.

«Non regalarmi mai più delle orchidee» Emma aveva intimato scherzosamente ad Alberto due settimane dopo il loro primo incontro. E lui aveva riso divertito per l'appassionante e colorita esternazione di odio.

Quante altre cose aveva dimenticato? *Piantala. Non rovinare tutto.* Nel momento in cui se lo impose ebbe la spiacevole consapevolezza di aver usato un verbo sbagliato. Era così che vedeva il suo matrimonio? Una fragile costruzione, un rapporto basato su delicatissime alchimie, qualcosa che bastava un nonnulla per distruggere, deteriorare, *rovinare*?

Non siamo felici, pensò in un inarrestabile crescendo di ansia. I loro discorsi erano leggeri e circospetti. Avevano smesso di farsi le domande di cui temevano le risposte. Nella tenerezza, nelle premure e persino negli slanci di Alberto lei avvertiva l'applicazione diligente: aveva imparato il ruolo del bravo marito e vi si atteneva scrupolosamente. Ma era bastata una piccola dimenticanza per tradirlo.

Piantala. Lanciò un'occhiata torva alla gigantesca pianta che sembrava invadere il soggiorno e andò a sedersi davanti al televisore. Canzonette, cucina in piazza, chiacchiere in studio... Dopo aver premuto qualche tasto del telecomando lo spense e andò in cucina a farsi un caffè. Doveva ricominciare a lavorare: l'oziosità delle sue giornate stava diventando insopportabile, e sicuramente alimentava quel disfattismo che Alberto esecrava.

Alle cinque e mezzo decise di aspettare il suo arrivo preparandogli un piatto ghiotto, il coniglio al limone: Gina, la domestica a ore, gliene aveva portato uno nostrano, già tagliato a pezzi. Lo tolse dal frigorifero, lo sciacquò e, dopo averlo ben asciugato, lo fece rosolare in padella con l'olio.

Mentre la carne rosolava, mise nel frullatore due spicchi di aglio, le foglie di due rametti di rosmarino, il succo di due limoni, una presa di sale, mezzo bicchiere di acqua e accese l'apparecchio tenendo premuto il tasto fino a quando non vide il rosmarino sminuzzato. Svitò il contenitore e ne versò il contenuto in padella ricoprendo il coniglio. Un'ora di cottura, mescolando di tanto in tanto, e sarebbe stato pronto.

Era una ricetta facile e veloce che le aveva insegnato Anna, raccomandandole di servirlo con della polenta ben calda. Ne aveva giusto una scatola, di farina precotta. L'avrebbe messa a cuocere all'ultimo minuto.

Alle sei Alberto telefonò per avvertirla che aveva avuto un contrattempo e sarebbe arrivato un'ora dopo.

«Io e l'orchidea ti aspettiamo» Emma scherzò. Invece di apparecchiare in cucina, preparò in soggiorno. In un empito di efficienza, tirò fuori una tovaglia ricamata e mise sul tavolo due candele. Alle sette in punto le accese e cominciò a preparare la polenta. Alle nove suo marito non era ancora arrivato e osservando le candele consumarsi le sembrò di vivere la classica scena vista mille volte al cinema. Si sentì patetica. Quale dei colpi di scena doveva aspettarsi? Un tradimento, un incidente, un arresto, una fuga?

Al senso del ridicolo subentrò l'ira: che il "contrattempo” fosse un cliente rompiscatole o una bella bionda, Alberto avrebbe dovuto farle un'altra telefonata. Alle nove e mezzo fu tentata di sparecchiare la tavola e di andare a letto. *Calmati. Non fare l'isterica*. Alberto arrivò prima che cedesse alla tentazione e a quel punto tanto valeva risparmiarsi la scenata liberatoria.

«Scusa il ritardo» le disse dalla porta d'ingresso. Andò direttamente in bagno e, quando entrò in soggiorno, sembrò più infastidito che sorpreso notando la tovaglia ricamata e le candele accese.

«Sono stremato» sospirò.

E lei aveva i nervi tesi come una corda. Una parola sbagliata, e sarebbe stata rissa. Con sovrumano autocontrollo gli rivolse una specie di sorriso. «Cenare non ti stancherà.»

«Non ho fame, Emma. Se non ti spiace vado un attimo in studio a finire un lavoro.»

«Un momento. Non puoi tornare a casa con tre ore e mezzo di ritardo e sparire senza...»

«Ti ho telefonato che avevo un contrattempo.»

«Giusto, mi hai telefonato per dire di aspettarti alle sette. Adesso sono quasi le dieci.»

Alberto si spazientì. «Non posso farti la cronaca dei miei movimenti minuto per minuto.»

«Ma non puoi nemmeno piantarmi in asso senza dirmi che cosa ti è successo.»

«L'assistente di Schneider mi ha chiamato in ufficio per comunicarmi che, spiacenti, dopo molte riflessioni hanno optato per l'altro candidato.»

«Non è possibile! Quali motivi ha addotto? Perché hanno preferito lui?»

«Emma, non sono tenuti a “motivare”: scelgono e basta. Ti confesso che al punto in cui erano arrivate le nostre trattative mi sarei aspettato di essere chiamato per ricevere una comunicazione meno formale, magari dallo stesso

Schneider. Invece se la sono cavati con due minuti di telefonata.»

«A che ora l'hai saputo?»

«Che razza di domanda è?»

«Hai detto che ti hanno chiamato *in ufficio*. Questo vuol dire che è successo prima delle sei.» Emma puntualizzò.

«Per l'esattezza erano le cinque e mezzo. E allora?» La fissò con sarcasmo. «Adesso capisco dove vuoi arrivare: che cosa ho fatto in queste ore? Dove sono andato? Perché non ti ho avvertito subito?»

«Complimenti, signor concorrente, le sue domande sono esatte.»

«È inaudito. Ho perso il posto, domattina farò una figura di merda con la mia banca annunciando a testa china che le preannunciate dimissioni sono rientrate... E tu pensi soltanto a te stessa, alla tua suscettibilità di mogliettina ferita!» Alberto abbaiò.

«Sei in malafede. Proprio perché capisco cosa significa per te la perdita di quel posto avrei voluto che me ne parlassi subito.»

«Parlare, parlare, parlare! La tua è un'ossessione!»

«Non lo penserai sul serio, spero. La paura di dire cose sbagliate è tale che apro bocca solo per comunicare le cose essenziali.»

«Per esempio che detesti le orchidee?»

«Non cambiare discorso!»

Alberto scosse la testa con aria rassegnata. «Dopo la telefonata della banca tedesca sono uscito dall'ufficio e ho girato in macchina per scaricarmi i nervi. *Volevo* tornare a casa e raccontarti tutto, ma strada facendo ci ho ripensato. Non avrei retto una battuta per buttare tutto in ridere o un commento del tipo "avrai un'altra occasione, non c'è solo quella banca".»

Emma sbarrò gli occhi. «Mi hai preso per una cretina?»

«Devi ammettere, mia cara, che le tue reazioni sono sempre imprevedibili. Prendi oggi, per esempio: io penso a te, mi viene voglia di farti capire quanto ti amo e ti faccio mandare dal fiorista la pianta più bella che c'era nel negozio. E come la ricevi, tu che fai? Alzi il telefono e dici che non ti piace.»

«Per l'amore di Dio, Alberto, questa è paranoia! Io ti ho soltanto ricordato che le orchidee non sono i miei fiori preferiti!»

«Hai detto *detesto*» sottolineò col tono d'un bambino indispettito.

«Era una battuta!»

«Inopportuna e sgradevole come quelle che...»

Emma lo interruppe con occhi di fuoco. «Allora lascia che ti dica la verità, *mio caro*: ho dovuto ricorrere a tutto il mio autocontrollo per sdrammatizzare con una battuta la tua mancanza di memoria. Il primo regalo che mi facesti fu proprio una orchidea: e ti divertisti molto quando ti spiegai perché non mi piaceva. Per molti mesi continuasti a prendermi in giro e l'orchidea entrò nel nostro lessico per indicare tutte le mie stravaganze e le mie avversioni. Mi ha *ferito* che tu l'abbia dimenticato. Quella fottutissima pianta mi ha ributtato in balia di molti interrogativi senza risposta. Su che cosa è basato il nostro matrimonio, visto che hai cancellato tutti i ricordi? Come puoi dire "ti adoro" a una donna noiosa e malaticcia se hai scordato che *non sono* così? se non continui a vedere in me la donna di cui ti sei innamorato?»

Alberto parve spiazzato. Ma fu una esitazione brevissima. «La tua insensibilità è incredibile!» urlò. «Io devo affrontare un problema grave, concreto, e tu mi scarichi addosso le tue elucubrazioni sulle orchidee! Che cosa vuoi da me? Che cosa altro devo fare per dimostrarti il mio attaccamento? Senza starci a pensare un minuto, ho rinunciato alla promozione che aspettavo da due anni per restarti vicino: tu contavi, e continui a contare di più. Ma non puoi fagocitare la mia vita! E non puoi nemmeno pretendere che io sostituisca la madre che ti ha abbandonato o il padre che è morto. Sono solo tuo marito, Emma.»

«Questa è la cosa più meschina che potevi dire. Se lo pensi davvero, mi vergogno per te.»

«A volte ho questo sospetto...» La guardò con tristezza e aggiunse a bassa voce: «Emma, mi hai investito di troppe responsabilità, di troppe aspettative: ho paura di non esserne all'altezza».

«Avresti dovuto andare a Bologna. È la prima cosa che ho capito quando ho ripreso conoscenza e la prima cosa che ti ho detto quando sono stata in grado di parlare. Sei stato tu a investirti del ruolo di marito sacrificale e a presumere troppo da te stesso. E non è onesto che ora ne dia la colpa a me. Senza accorgertene, ti sei caricato di risentimento nei miei confronti. Poco fa ti ho espresso la mia amarezza per non avermi parlato subito del tuo problema: sicuramente *grave e concreto*. Invece di ammettere onestamente che avevo ragione, hai buttato fuori tutta la tua aggressività scatenando una lite che, ti giuro, io non cercavo affatto. Le tue difficoltà sul lavoro sono derivate dalla mia malattia e dai tuoi sensi di colpa. Ma qualcosa nel nostro rapporto non funziona ancora. Anche il nostro matrimonio è un problema, e mi sembrava arrivato il momento di parlarne.»

«Ammesso che sia così, credi che la soluzione si trovi parlandone?»

«No. Ma le parole sono indispensabili se si vuole capire quali sono i nodi dei malintesi e degli scontenti. Perché ti sei sempre rifiutato di farlo?»

Alberto rifletté prima di rispondere. «Perché ho paura delle parole. Tu ti ci attacchi come a un grilletto, sparandomi addosso le raffiche della tua dialettica implacabile e sottile.»

Emma fece per protestare, ma Alberto non glielo permise. «Forse esagero. Ma diffido comunque delle parole perché la frenesia di chiarire e l'accalorarsi del discorso finiscono per prendere la mano... È come scoperchiare il vaso di Pandora.»

«Preferisci ignorare i problemi? Fingere che non esistano?»

«Non esiste coppia senza problemi, Emma. Ma si impara a conviverci, si abbozza: molti, col tempo, si risolvono da soli. Tirarli fuori tutti, e sbatterseli in faccia con franchezza feroce può essere rovinoso.»

«In pratica, stai ammettendo che anche nel nostro rapporto esistono dei problemi.»

Le lanciò uno sguardo freddo. «In questo momento ho soltanto quello del mio lavoro. Domattina dovrò presentarmi in banca con la coda tra le gambe dicendo che ci ho ripensato. È come proclamare che sono costretto a restare perché altrove non mi hanno voluto.»

All'indomani mattina Alberto si affrettò a telefonare alla moglie: il penoso annuncio era rimandato di un giorno perché il suo capo era stato convocato dalla direzione generale.

Alle sette di sera, mentre Alberto stava per mettersi a tavola, arrivò una telefonata: era proprio il suo capo. Emma andò discretamente in cucina e chiuse la porta per non metterlo in imbarazzo.

Alberto la raggiunse cinque minuti dopo. «Devo uscire subito. Il dottor Lenzi mi ha invitato a cena a casa sua. Ha qualcosa da comunicarmi e vuole discuterne con calma.»

«Ha tutta l'aria di essere una buona notizia.» Emma commentò. «Non ti ha anticipato niente?»

«Mi ha chiesto soltanto se avevo già firmato un contratto ed ero sempre deciso ad andarmene. Gli ho risposto vagamente che le trattative stanno andando per le lunghe… Ma adesso fammi andare, ti racconterò tutto più tardi.»

Alle dieci e mezzo non era ancora rientrato. Emma sperò con tutta se stessa che quell'inaspettato invito a cena avesse come scopo qualche comunicazione positiva: un aumento di stipendio, una funzione più gratificante, la promessa di una promozione entro tempi brevi.

Di certo, ad Alberto era stata risparmiata l'umiliazione di dover ammettere che le trattative per cambiare banca erano fallite. Solo adesso si era resa conto di quale peso i problemi e le insoddisfazioni professionali di suo marito avessero sulla loro vita privata.

Alberto aveva ragione: il lavoro era importante. E mai più sarebbe ricaduta nell'errore di risentirsi o allarmarsi nel vederlo silenzioso o annoiato o teso. Lei non era al centro dell'universo, né l'unica fonte di malumori o gratificazioni.

Le undici. Emma accese il televisore per ingannare l'attesa e si sintonizzò su Raiuno. Stavano trasmettendo il telegiornale. Il prolungarsi dell'incontro era decisamente un buon segno. *Rilassati*, si impose.

D'un tratto udì un nome, Fabio Volonté, e sul teleschermo apparve la sua immagine. Lo riconobbe subito: era il marito della povera ex-fotomodella indonesiana che aveva conosciuto al San Cristoforo. Era ritratto, stravolto, all'interno dell'Ospedale di Niguarda. Emma udì la conduttrice del tg dare la notizia dell'ultima tragedia che aveva colpito il figlio trentacinquenne del senatore Guglielmo Volonté: la giovane moglie Sulu si era tolta la vita. Nel breve servizio si rievocava il calvario della bella indossatrice che aveva perduto il figlioletto di due anni e quello che aspettava in un incidente d'auto ed era rimasta invalida.

Quando tornò, Alberto trovò la moglie profondamente turbata. Emma gli riferì brevemente quanto era accaduto e come aveva conosciuto Fabio Volonté.

«Qualche anno fa correva in automobile» disse Alberto. «Mi dispiace.»

«Come è andata con Lenzi?» Emma chiese. Adesso ricordava perché quel nome le era stato subito familiare.

«Forse è meglio che ne parliamo domattina, con calma» disse in uno strano tono evasivo.

Emma fu tentata di acconsentire: al confronto di quella tragedia, tutto le appariva d'un tratto privo di importanza.

Ma per Alberto non era così. «Parliamone adesso» disse volonterosamente. «Che cosa voleva il tuo capo? Ti ha dato una buona notizia?»

«Anche se all'atto pratico non cambierà niente, la proposta che mi hanno fatto è estremamente gratificante.»

È meglio che ne parliamo domattina, Emma fu sul punto di dire. Il tono vago e circospetto lasciava in effetti prevedere un discorso da fare con calma. Ma si accorse che Alberto la stava guardando con l'evidente desiderio che lei insistesse per parlarne subito. «Vuoi spiegarti meglio?» chiese.

«Mi hanno offerto di nuovo Bologna e la direzione, con dieci milioni annui in più rispetto allo scorso dicembre. Pare che il tizio che avevano messo in prova non abbia funzionato, e il mio nome è stato riproposto dal Consiglio di Amministrazione. È una bella soddisfazione, devi ammetterlo» disse con voce traboccante di orgoglio, il volto illuminato dall'eccitazione.

Emma annuì con un cenno, rammaricandosi di non condividere quel momento di gioia. Era ancora sconvolta per la tragedia di Fabio Volonté e della povera Sulu. *Si sente in colpa perché è viva.* Quelle parole le strinsero il cuore. E ripensando all'espressione adorante con cui il marito l'aveva guardata, si chiese come avrebbe potuto reggere a quell'ultima tragedia.

«Emma, sto parlando con te» Alberto, impaziente e stupito.

«Ti ascolto.»

«Non sei d'accordo con me? Anche se alla fine rifiuterò, è pur sempre una...»

«Perché rifiuterai?»

IX

«Chiudi le finestre, voglio dormire.»

«Sulu, sono soltanto le sette. E sei stata a letto tutto il giorno.»

«Sono molto stanca.»

Erano state le ultime parole di sua moglie. Poco prima delle nove Fabio era entrato in punta di piedi nella sua stanza, indeciso se svegliarla per la cena oppure lasciarla dormire ancora un poco. Si era curvato su di lei e un urlo gli era esploso nella gola. Le labbra di sua moglie erano circondate da un alone biancastro e la sua immobilità sembrava quella della morte.

L'aveva afferrata per le spalle e scossa disperatamente, chiamandola per nome.

Respirava ancora: era corso al telefono per chiamare un'ambulanza, supplicando di non perdere un minuto di tempo.

Alle nove e mezzo era morta.

Alle dieci, del mattino successivo, mentre Sulu veniva sottoposta all'autopsia, il magistrato incaricato di aprire un'indagine sul decesso fece perquisire la stanza di Sulu. Non furono trovati blister né tubetti e l'infermiera, che Fabio aveva assunta, dichiarò che al mattino e alla sera era lei stessa a dare alla signora l'antidepressivo e il sonnifero prescritti dal medico. Gliene portava una sola compressa alla volta, con un bicchier d'acqua, estraendole dal tubetto o dal blister che il signor Volonté le aveva chiesto di tenere sempre in cucina.

L'autopsia confermò che Sulu era morta per avvelenamento da barbiturici. Fabio, che per tutta la notte era rimasto seduto su una seggiola di ferro davanti alla camera mortuaria dell'obitorio, ne ebbe la notizia dal magistrato.

«Quello che dobbiamo appurare è come ha fatto a procurarsi tutte quelle pastiglie. Almeno una sessantina» il magistrato gli disse cautamente, con tono gentile. Gli occhi rossi, il volto livido e il tremito delle mani esprimevano una disperazione autentica, il magistrato non poteva sbagliarsi. Solo il dovere gli imponeva di proseguire le indagini per escludere ciò di cui aveva già la certezza: il marito era estraneo a quella morte.

«È sicuro di non aver mai dimenticato le medicine nella stanza di sua moglie?»

«Sicurissimo. Sulu doveva prendere un antidepressivo alle dieci del mattino e un sonnifero alle otto di sera: glieli portava l'infermiera, dalla cucina. Una compressa alla volta...»

«È esattamente quello che ci ha dichiarato lei. In questi ultimi giorni sua moglie aveva ricevuto delle visite? C'era qualche parente o qualche persona amica che frequentava la vostra casa e magari, inavvertitamente, potrebbe avere...»

«No. Dopo l'incidente Sulu rifiutava di vedere chiunque. Due mesi fa sono stato costretto a tornare al lavoro, almeno per qualche ora al giorno, e ho assunto un'infermiera a tempo pieno. Ma mia moglie, agli inizi, non voleva vedere neppure lei.» Lo fissò angosciato. «Davvero non capisco come abbia potuto procurarsi quelle pastiglie... Era paralizzata, e...» Scoppiò in lacrime.

Il magistrato gli batté una mano sulla spalla. «Si faccia coraggio. Io ho un sospetto, ma vorrei interrogare nuovamente l'infermiera per averne la conferma.»

«Iris è una bravissima persona, scrupolosa e umana. Escludo che...»

«Lo escludo anch'io. Il mio sospetto è che sua moglie abbia *finto* di inghiottire le pastiglie e, giorno dopo giorno, le abbia nascoste fino a raggiungere il numero sufficiente per...» Non osò terminare la frase. «È accaduto altre volte. Non deve sentirsi in colpa. Lei ha fatto tutto quanto era umanamente possibile per aiutare sua moglie.»

Evitò di parlargli delle unanimi testimonianze in quel senso che durante le ultime ore erano state raccolte interrogando il medico curante, l'infermiera, il personale del San Cristoforo.

«Sulu *voleva* morire, e dentro di me sapevo che in un modo o nell'altro ci sarebbe riuscita. Non avrei dovuto lasciarla sola nemmeno un minuto... Ieri sera, mentre lei inghiottiva una pastiglia dietro l'altra, io me ne stavo nel mio studio a terminare un maledetto progetto... Ero in ritardo di venti giorni, e il costruttore ci aveva messo con le spalle al muro...»

«Si faccia coraggio» ripeté il magistrato, avvertendo la banalità di quella frase. Poco dopo, parlando con il padre di Fabio, ebbe una ulteriore conferma di quanto inconsolabile fosse lo strazio del vedovo. Anche il senatore appariva affranto: Fabio aveva incontrato Sulu tre anni e mezzo prima, gli raccontò, e sei settimane dopo erano già sposati. Non aveva mai visto una coppia così innamorata, così felice...

Tutti i quotidiani riportavano la notizia della tragedia. Emma la lesse sul *Corriere*. Si soffermò sul volto della ex fotomodella, che compariva in un riquadro della prima pagina: un volto bellissimo, illuminato da due grandi occhi di velluto. All'interno, un lungo articolo ricostruiva la storia spezzata di un grande amore.

L'unico figlio del senatore Guglielmo Volonté era cresciuto con la passione per le automobili e per tre stagioni aveva anche gareggiato in Formula Uno. Non era mai riuscito a raggiungere la notorietà d'un campione né a vincere una gara, ma con grande cruccio del padre continuava a correre tenendo in un cassetto la laurea in architettura.

Tre anni prima, a Montecarlo, aveva conosciuto Sulu. Un colpo di fulmine senza scampo: sei settimane dopo erano già marito e moglie. Sulu lasciava il mestiere d'indossatrice e Fabio abbandonava il mondo delle corse per rilevare lo studio di architettura dell'anziano zio materno. Era quanto suo padre da anni lo supplicava invano di fare: l'architetto.

La giovane coppia era andata a vivere in una villetta di San Siro, in via Patroclo dove un anno dopo era nato il loro figlioletto. Conducevano una vita riservata e serena: era raro vederli a una festa o a una manifestazione mondana, e comunque né le cronache rosa né quelle pettegole si erano mai occupate di loro, se non per dare la notizia delle fulminee e romantiche nozze celebrate coi soli testimoni in una piccola chiesa del Sud della Francia.

L'unico personaggio pubblico della famiglia era Guglielmo Volonté, un politico sessantenne che nella precedente legislatura era stato sottosegretario al Ministero degli Esteri e godeva di grande popolarità e carisma per l'indiscusso rigore morale.

L'immagine di un'auto distrutta e rovesciata su se stessa, sul fondo di una scarpata, documentava il violento tamponamento che l'aveva scaraventata fuori strada. Il bambino era morto sul colpo, Sulu era stata estratta in fin di vita dai rottami e Fabio se l'era cavata con qualche frattura.

In realtà, sottolineava l'articolista, tutto il peso della tragedia era ricaduto su Fabio. Aveva visto l'adorata moglie precipitare giorno dopo giorno nell'abisso della depressione e vanamente si era battuto per strapparla alla cupa e determinata volontà di annientamento.

In un riquadro compariva un'intervista con il direttore sanitario del San Cristoforo, che due mesi prima aveva dimesso la sventurata donna. Il medico giustificava la decisione "affrettata e impietosa" con le motivazioni che Emma ricordava bene per averle involontariamente ascoltate: il Centro non era attrezzato per la degenza di una paziente che rifiutava ogni terapia, versava in uno stato di grave debilitazione fisica e aveva evidente bisogno di un supporto specialistico per superare la grave depressione. Il marito stesso, concludeva l'intervista, si era dovuto rendere conto di questa realtà.

Emma, scorrendo le colonne con gli annunci mortuari, scoprì con sorpresa che tra le partecipazioni al lutto figuravano anche il nome di sua sorella e del socio di lei. Entrambi "si stringevano affettuosamente" all'amico e collega Fabio Volonté.

Impulsivamente telefonò ad Anna e le raccontò del suo incontro con Fabio al San Cristoforo.

Anna, a sua volta, le confermò di conoscerlo molto bene. «Otto anni fa, appena laureata, andai a lavorare dall'architetto Ponzi, suo zio, e in seguito ho sempre mantenuto contatti con il suo studio. È lì che ho conosciuto Fabio: è stato tre anni fa, quando lasciò le corse per esercitare la professione di architetto. Non ci siamo mai frequentati fuori dal lavoro, ma tra noi si è stabilito ugualmente un rapporto di amicizia e di stima. In queste settimane stavamo collaborando allo stesso progetto. Fabio era tornato a lavorare da poco. Era sempre in ansia per la moglie... Non so come potrà superare questa nuova tragedia. Sua moglie era la sua ragione di vita.»

Dopo la telefonata Emma rifletté tristemente. Provava una grande pena per Sulu, ma allo stesso tempo non riusciva a capire il suo gesto. Se davvero amava il marito, come aveva potuto infliggergli un dolore tanto crudele? *Speravo che la perdita di nostro figlio ci unisse ancora di più, invece*... La voce desolata di Fabio.

No, davvero non capiva. Per quanto grande fosse la disperazione di Sulu, l'amore che il marito aveva per lei era ancora più grande: perché non vi si era aggrappata? Perché aveva rifiutato il suo aiuto per guarire, per ritornare a vivere?

La mente di Emma riandò al proprio incidente. Paragonandolo alla tragedia di Sulu, quello che aveva vissuto come un calvario le parve ancor più una piccola cosa. Ma anche Alberto le era rimasto accanto, giorno e notte, sacrificandole il lavoro, la promozione, le speranze di carriera. Questo non poteva ridimensionarlo né sottovalutarlo. E adesso che miracolosamente gli si presentava una nuova opportunità, non poteva permettergli di sacrificarla di nuovo.

Quella sera, quando Alberto tornò a casa, lo accolse con il cuore traboccante di gratitudine. «Parliamo di Bologna» gli disse.

«Non c'è niente da dire.»

«Devi accettare.»

«Questo significherebbe vivere lontani. È fuori discussione, Emma.»

«Sarebbe una separazione temporanea, giusto il tempo per cercare una nuova casa e organizzare il trasloco.»

«E tu saresti disposta a seguirmi? A lasciare tua sorella, Milano, questa casa?»

«Bologna non è l'Australia. E tu sei più importante di tutto.»

Alberto si illuminò. «Dici davvero? Sei sicura che non ti pentirai di questa decisione? Se accetto, Emma, non potrò più tirarmi indietro.»

«Non dovrai farlo.»

«Lo sai quanto ti amo, vero?»

«Non dirmelo con un'altra orchidea» Emma scherzò.

I funerali di Sulu si svolsero tre giorni dopo la sua morte. Al termine di una breve cerimonia funebre alla presenza dei soli parenti e degli amici più stretti, fu seppellita nella tomba dei Volonté, accanto al suo bambino. Un solo fotografo, che si trovava casualmente al Monumentale, riuscì a fare uno scatto al vedovo mentre lasciava il cimitero al braccio del padre. Spalle curve e volto devastato, Fabio sembrava portare addosso tutto il peso del mondo.

Emma prese foglio e penna e impulsivamente, prima di poterci ripensare, gli scrisse una breve lettera.

Sono Emma. Ci siamo conosciuti al San Cristoforo. Posso soltanto immaginare l'enormità del suo dolore, ma so con certezza che nessuno, e nessuna parola, può esserle di conforto. Ricordo quanto mi disse: nonostante tutto, rifiutava di arrendersi. È difficile, forse impossibile, continuare ad amare la vita quando la morte l'ha devastata in modo tanto crudele: ma spero con tutta me stessa che Dio l'aiuti. Un abbraccio.

Fabio le rispose quindici giorni dopo.

Mi ricordo di lei. Grazie.

Il bigliettino arrivò due ore dopo che Alberto era partito per Bologna e quelle poche parole scacciarono subito la tristezza. Che cosa era un breve distacco rispetto alla tragedia di una perdita irreparabile come quella che era stata inflitta a Fabio?

Suo marito la chiamò dall'autostrada, e poi appena arrivato nel residence in cui avrebbe provvisoriamente abitato e poi a metà pomeriggio dalla banca. Avrebbe iniziato a lavorare all'indomani, ma nel frattempo vi si era recato per conoscere il personale e ricevere le consegne dal direttore uscente.

Emma lo sentì carico di ottimo umore, come non accadeva da tempo. Ma questo non lo aveva deconcentrato da lei: gli mancava; lo preoccupava saperla sola; si proponeva di contattare al più presto un'agenzia immobiliare per iniziare le ricerche della nuova casa. Ogni telefonata si concludeva con le solite raccomandazioni: mangia, curati, ricordati gli esercizi, non strapazzarti, guardati bene dall'arrampicarti su una sedia o sulla scala...

L'ultima telefonata arrivò alle undici, quando Emma stava andando a letto. Dopo, restò sveglia a lungo, chiedendosi perché mai si sentisse tanto immalinconita e inquieta. Non era per la partenza di suo marito: Alberto le era più vicino di quando dormivano accanto, premuroso e innamorato come i primi mesi del loro matrimonio. E allora?

La risposta era lì, forte e chiara: nelle telefonate di Alberto, nel suo preoccuparsi per lei, nelle sue frasi piene di tenerezza continuava ad avvertire la nota stonata della diligenza, della volontà di comportarsi come un bravo marito.

Al mattino dopo Emma si svegliò alle otto, con il collo irrigidito e la schiena che le doleva. Si sdraiò sul tappeto del soggiorno ed eseguì gli esercizi di respirazione e di rilassamento che aveva imparato al Centro. Ma non servirono a nulla e alle dieci decise di prendere una compressa di antidolorifico.

Il telefono squillò mentre stava cercando la confezione. Alberto, pensò. Invece era sua sorella. «Sto venendo da te, Emma. È successo qualcosa di cui devo parlarti a voce.» Riattaccò senza lasciarle il tempo di chiederle nulla.

La loro madre era morta due giorni prima, a Milano. Il compagno di lei, dopo molte esitazioni, aveva deciso di avvertire la maggiore delle figlie. Anna aveva appreso da lui che erano ormai sposati da anni e che diciotto mesi prima avevano lasciato l'Australia per ritornare a Milano.

Per tutto quel tempo la loro madre aveva lottato contro un tumore al polmone, metastatizzato e incurabile, e a nulla erano valse le insistenze del marito perché riallacciasse un rapporto con le figlie. Adesso che era morta, lui si era deciso a farlo.

Emma ascoltò parlare la sorella come se le stesse raccontando l'amara storia di una persona estranea o la trama di un film: i soli sentimenti che riusciva a provare, oltre l'incredulità, erano un dispiacere e una compassione generici e distaccati.

«Oggi alle tre ci saranno i funerali» Anna disse. Poiché Emma taceva, soggiunse: «Io ho deciso di andarci. Lui mi sembra una brava persona... E a quanto pare nostra madre non è fuggita per inseguire un capriccio romantico: l'ha sposato e hanno vissuto insieme quasi vent'anni.»

«Viveva a Milano da diciotto mesi e sapeva di dover morire...»

«*È morta*, Emma. E credo che dobbiamo seppellire anche l'amarezza e i risentimenti.»

«L'ho fatto da molto tempo. Le rare volte in cui pensavo a lei, avvertivo soltanto il rimpianto per la madre che non avevo avuto. Per me era una estranea, come noi per lei.» Sospirò. «Se lo desideri, verrò con te al funerale.»

«Devi desiderarlo tu.»

«Anna, mi è indifferente. È molto triste ammetterlo, ma sarà come partecipare alle esequie di una vecchia conoscente.»

«Per me no... Si può amare anche una persona che non ti ama.» Gli occhi le si inumidirono.

«Anna, la morte non può cambiare quello che è stato!» Emma protestò, più irritata che commossa per quelle lacrime. «E nemmeno i sentimenti! In questi anni anche per te era diventata una figura inesistente e lontana. Adesso non puoi lasciarti coinvolgere a questo modo.»

Anna scoppiò in lacrime anche quando la bara fu scaricata dal furgone mortuario e deposta davanti al loculo. I ricchi fregi e il sontuoso cuscino di fiori accrebbero il disagio di Emma. Non aveva mai assistito a una cerimonia tanto squallida e mesta: oltre a lei, a sua sorella e al vedovo c'era soltanto la portinaia del palazzo, segno evidente che gli ultimi mesi di vita di sua madre erano stati un deserto di presenze e di affetti.

Emma si sostenne sul bastone, il corpo indolenzito e la schiena trafitta da spasmi lancinanti. Quando la bara sparì dietro la lastra di cemento, al pianto di Anna si aggiunse quello del marito. Emma li invidiò. *Non provo niente*, pensò sopraffatta da una tristezza mortale.

Dopo cinque minuti tutto fu finito. Davanti ai cancelli il vedovo le ringraziò per aver partecipato alla cerimonia e raggiunse la macchina con la portinaia.

Anna si diresse verso la sua. D'un tratto si voltò e vide che la sorella si era fermata, il volto pallidissimo e contratto. Le corse accanto. «Stai male?»

«È la schiena...» ansimò. Il dolore si era irradiato sino alle gambe, e il solo muoverle le faceva mancare il respiro.

«Appoggiati a me. Riposati un momento.» Anna disse preoccupata, sostenendola per la vita.

Fu in quel momento che scorse Fabio Volonté: uscito dal cimitero, si stava dirigendosi verso il piazzale e solo quando fu a pochi passi da lei la riconobbe. Dopo una brevissima esitazione, riconobbe anche Emma.

Salutò entrambe. «Emma è mia sorella» gli disse Anna. «Ma credo che tu la conosca già.»

Fabio annuì ed Emma gli rivolse un pallido sorriso.

«È un brutto momento» Anna disse. «Mia madre è appena stata sepolta e mia sorella non riesce a muoversi.»

«Mi dispiace.» Si avvicinò ad Emma. «Si appoggi pure a me. Che cosa si sente?»

«Ho male alla schiena... Male dappertutto...» Un singhiozzo le spezzò la voce. «Ma adesso passa.»

«Vi accompagno a casa» Fabio disse rivolto ad Anna.

«Ho la macchina parcheggiata di fronte. Basta che mi aiuti a sorreggere Emma fin lì» lei gli rispose.

Fatto qualche passo, Fabio la sollevò e ve la condusse in braccio. Dopo averla aiutata a sedersi si rivolse ad Anna: «Uno di questi giorni ti manderò il progetto di Nenzi. So di essere in ritardo spaventoso».

«Non preoccuparti... Fabio, ti sono molto vicina. So quello che stai passando.»

«Mi dispiace molto per vostra madre.» Prima di allontanarsi si curvò verso l'interno della macchina per salutare Emma. «Grazie per il suo biglietto. È il solo a cui ho risposto.»

La segreteria telefonica conteneva sei messaggi. Era Alberto, sempre più allarmato: dove sei? Perché hai il cellulare spento? Non risponde nemmeno tua sorella... Emma, perdio, mi stai facendo diventare pazzo!

«Devi chiamarlo subito» disse Anna, stupita che non gli avesse parlato dei funerali della madre. «Va tutto bene tra voi, vero, Emma?»

«Sì, certo.» Semplicemente, si era dimenticata di dirgli che sua madre era morta.

Il sollievo del marito nell'udire la sua voce fu di gran lunga superiore alla contrarietà per la notizia. Dopo un doveroso "mi dispiace" la intrattenne a lungo spiegandole quanto era stato in ansia per tutto il pomeriggio.

«Non farmi mai più uno scherzo simile» concluse.

X

Il mal di schiena ormai non dava tregua a Emma. Quel giugno era un alternarsi capriccioso di afa estiva e ventose giornate di pioggia, con un tasso di umidità altissimo che acuiva i suoi dolori. Aveva cominciato a soffrire anche di emicranie e di nausee.

Anna la accompagnò al Niguarda per una visita di controllo dal chirurgo che l'aveva operata. Una Tac e una scintigrafia confermarono la tranquillizzante diagnosi: era clinicamente guarita, e tutti i suoi disturbi dipendevano probabilmente da uno stato di stress e di tensione: nuoto e palestra le avrebbero giovato di gran lunga di più di analgesici e tranquillanti.

Quando Emma chiamò il marito per riferirgli della visita, la sua reazione fu decisamente sgradevole: era certo che non avesse nulla! Si rilassasse! Si decidesse a reagire! La smettesse di oziare e di fare la malata immaginaria!

Emma lo lasciò sfogare e riattaccò. Per la prima volta non le costò un grosso sforzo evitare la rissa: doveva onestamente ammettere che in quelle ultime settimane gli aveva dato parecchi motivi perché diventasse esasperato e aggressivo. Aveva rimandato un breve viaggio a Bologna per vedere la casa che secondo lui era da prendere subito, fino a quando non era stata affittata ad altri; lo aveva costretto a trascorrere i fine settimana a Milano davanti al televisore mentre lei si trascinava tra letto e poltrona; si era rifiutata di fare dei progetti per le imminenti vacanze e di affrontare il problema del trasferimento.

«Sto male, lo vuoi capire?» aveva urlato di fronte alle sue proteste.

Stava male davvero. La morte di sua madre l'aveva segnata più di quanto allora credesse. Il ricordo di quel frettoloso funerale, senza parenti né amici, si era radicato dentro di lei come un cancro. Ogni volta che la sua mente riandava a quel giorno, i suoi occhi si riempivano di lacrime. Non piangeva la madre, ma la donna sola che aveva visto seppellire. E più si chiedeva quanto fossero stati solitari e dolorosi gli ultimi mesi di vita, senza altre presenze all'infuori del mite marito infermiere, più quella donna le diventava familiare, *madre*.

Immaginava i particolari, cercava di comprendere i suoi comportamenti... Forse vent'anni prima le aveva abbandonate perché la sua infelicità era ancora più grande dell'amore per le figlie... E la vergogna e l'orgoglio le avevano impedito di riavvicinarsi a loro.

«Non hai avuto una madre e te ne stai inventando una» Alberto aveva detto, seccamente, durante l'ultimo fine settimana a Milano. Era evidente che non ne poteva più delle sue tristezze e dei suoi malanni.

Ma Emma sapeva che quel desolante funerale aveva fatto esplodere una crisi che già esisteva. I dubbi, le irrequietezze e le paure che da quando era stata dimessa dal San Cristoforo ricacciava nel profondo di sé, giorno dopo giorno, subdolamente, erano riemersi: poiché la mente li respingeva, si erano aggrappati alla sua schiena, alle sue gambe, ai suoi muscoli. Sì, la diagnosi del chirurgo era esatta: tutti i mali dipendevano da stanchezza e tensione. Ma nuoto o palestra erano soltanto palliativi: il grumo stava nel rapporto con Alberto, nella consapevolezza che il trasferimento a Bologna lo aveva deconcentrato dalla recita diligente del bravo marito. Si stava allontanando da lei.

E anche tu ti stai allontanando da lui. Forse non si erano mai realmente riavvicinati. *Calmati, non arrivare a conclusioni distruttive.* Il mio matrimonio è fallito dopo pochi mesi, quando Alberto ha cominciato a tradirmi. È da allora che vivo con la sotterranea certezza di aver sposato l'uomo sbagliato, diverso da me. *Però non l'hai mai lasciato. E quando voleva farlo lui, ti sei quasi uccisa cadendo dalla scala.* Anna ha ragione, si può amare anche una persona che non ti ama. A quante donne succede? *L'importante è stabilire se succede anche a te. Datti una risposta. Lo vuoi a dispetto di tutto? Allora fai qualcosa, perché lo stai perdendo.*

Chiamò sua sorella in studio.

«Anna, vado a Bologna.»

«A Bologna? Alberto è venuto a prenderti?»

«No. Sono io che vado da lui. Ho un treno questo pomeriggio alle cinque.»

«Non puoi viaggiare da sola!» Anna protestò. «È successo qualcosa?»

«Niente. Devo solo parlargli.»

Seguì un lungo silenzio. «Non puoi aspettare venerdì, quando tornerà per il fine settimana?»

«Devo parlargli subito.»

«Emma, non fare la pazza… E non prendere me per cretina: è chiaro che mi stai nascondendo qualcosa.»

«Niente, te l'ho detto.»

«Aspetta almeno domani!»

«Non preoccuparti. Non sono un'invalida e posso benissimo viaggiare da sola.»

Sei ore dopo, mentre l'elettrotreno per Bologna usciva dalla pensilina della stazione, tutta la sua ansia crollò e la sicurezza che aveva ostentato con la sorella divenne una confortante realtà: no, non era un'invalida e non aveva avuto neppure bisogno di sostenersi al bastone per salire e scendere dal taxi, raggiungere il binario e montare su un treno. Sentiva le gambe leggere e la schiena aveva smesso miracolosamente di dolerle.

Si rilassò contro lo schienale e guardò l'orologio: le cinque e dieci. Se Alberto fosse uscito all'orario giusto dalla banca, lo avrebbe già trovato nel residence. *Non guastare la sua sorpresa aggredendolo subito con i tuoi interrogativi. Parla del vostro rapporto senza il disfattismo che lui aborrisce. Non attaccarti alle sue frasi per scatenare una rissa.* Non lo farò, Emma si ripromise.

Non lo farò si ripeté stancamente a mezzanotte. Dove era finito Alberto? Da ore lo stava aspettando seduta sul duro divano letto del residence. Aveva la schiena rigida e un alone di luce stellata le abbagliava la vista, chiaro prodromo di una violenta emicrania. Si alzò faticosamente.

Aprì il rubinetto del cucinino, riempì un bicchier d'acqua e inghiottì due compresse di analgesico. *Rilassati. È un uomo solo in una città che non è la sua: forse un collega l'ha invitato a cena. Forse è andato a vedere un film. Smettila di pensare sempre al peggio.* Udì l'ascensore fermarsi al piano e le portiere aprirsi. E poi una risata di donna. E poi la risata di Alberto. E poi la voce di lui. E poi la chiave che girava nella serratura.

Emma chiuse gli occhi. Quando li riaprì, vide Alberto immobile davanti alla porta. Una ragazza giovane e bionda si staccò subito dal suo braccio. Il peggio si era materializzato davanti ai suoi occhi.

«Emma...» Alberto disse con voce sbalordita, continuando a restare fermo come se avesse visto un fantasma.

«Avrei dovuto avvertirti. Scusami, me ne vado subito.»

No, il peggio doveva ancora avvenire. E fu l'avvicinarsi di Alberto, l'occhiata di intesa che rivolse alla ragazza, la disinvoltura ritrovata all'improvviso.

«Emma, che cosa stai pensando?» Indicò la biondina. «È Viola, una mia preziosa collaboratrice. Siamo tornati da una cena di lavoro e l'ho fatta salire per consegnarle delle carte... Viola, lei è mia moglie.»

«Ci vediamo domattina» la ragazza disse. Quando la porta si chiuse alle sue spalle, Alberto rivolse ad Emma uno dei suoi migliori sorrisi. «Perché non mi hai avvertito del tuo arrivo? Avrei rimandato questo impegno e sarei...»

«Piantala.»

Alberto fece per circondarle le spalle, ma Emma si sottrasse con forza, la nausea che le stringeva la gola e le tempie che pulsavano. «Lasciami stare.»

«Emma, si può sapere che cosa ti piglia? Viola è soltanto una collega.»

«Basta!» urlò, con l'identica violenza della fitta che le trapassò la testa.

«Stai male? Vuoi un calmante?»

«Voglio che mi chiami un taxi per tornare a Milano.»

«Non essere melodrammatica. È mezzanotte, e non...»

«Allora dammi la guida del telefono, lo chiamo io.»

«Hai frainteso tutto. Fammi spiegare.»

«Che cosa? Che la tua donna sono io? Che ami solo me? Che l'infedeltà fisica non conta? Oppure vuoi pateticamente ribadire che quella biondina è solo una collega? Rispetta almeno la mia intelligenza, per favore.»

Alberto sospirò. «E va bene. Mi sono portato a letto Viola. Ti giuro che è la prima volta che succede dopo mesi e che non succederà mai più. Non voglio perderti. Che tu mi creda o no, tengo davvero a te.»

«Non lo credo, Alberto. E non lo credi neanche tu. Da cinque anni stiamo estenuandoci per tenere in vita un matrimonio finito... Per...» Emma si interruppe farfugliando. Al culmine dell'emicrania, le succedeva spesso: le parole le uscivano a fatica e le sentiva dolorosamente ronzare nella testa.

«Stai male» disse Alberto. «Non è davvero il momento di affrontare questo discorso.»

«È finita. Non c'è altro da dire.»

«Va bene» acconsentì. «Ma adesso apro il divano e ti metto a letto.»

Emma era troppo stanca per rifiutare. Si distese sul divano senza svestirsi e poco dopo Alberto si allungò di fianco a lei, all'estremità del materasso, le mani incrociate dietro la nuca. Restarono a lungo silenziosi e immobili. *Sembriamo due morti*, Emma pensò. Quando si svegliò, Alberto era già alzato e rivestito.

«Che ore sono?» gli chiese sollevandosi su un gomito.

«Le otto. Continua a dormire, Emma. Faccio un salto in banca e poi ti riporto a Milano.»

«No, non serve.»

«Non sei in grado di viaggiare da sola. Mi fa piacere accompagnarti, credimi.»

«Smettila di essere gentile. Pregherò mia sorella di venirmi a prendere.»

La guardò per qualche istante. «È successo perché mi sentivo molto solo... Emma, e me ne vergogno.»

«Non è colpa tua se non mi ami più.»

«Questo non è vero!»

«Non ti amo più nemmeno io.» Era così e finalmente riusciva ad ammetterlo con se stessa e nel dirlo sentì uno smisurato sollievo. «Se non ti avessi trovato con quella ragazza, ci saremmo resi infelici per chissà quanto altro tempo... Ero venuta da te decisa a salvare un rapporto che non esisteva più.»

«Io ci ho provato, davvero» Alberto disse mortificato.

«Anch'io.» Il suicidio di Sulu e la morte di sua madre le avevano fatto capire l'ineluttabilità degli eventi segnati dal destino: non si poteva fermarlo o ostacolarlo. Il suo amore per il marito aveva concluso il suo ciclo: e il tentativo di tenerlo in vita le era costato una fatica mortale. Fu sul punto di spiegarglielo, ma non avrebbe capito: Alberto era una brava persona, ma non possedeva l'intelligenza dei sentimenti. In quel momento, dubitava persino di averlo potuto veramente amare. Ma non gli disse neanche questo: non voleva ferirlo o offenderlo.

«Mi dispiace, Emma.»

«Lo so.»

«Non vuoi che ti accompagni?»

«No. Chiamerò Anna.»

Alberto allungò cautamente le braccia verso di lei ed Emma non si ritrasse. «Allora vado» disse sciogliendosi da quell'ultimo abbraccio con voce esitante quasi temesse che all'ultimo minuto lei decidesse di trattenerlo.

Quando rimase sola telefonò ad Anna.

«Oddio, Emma, sto andando a una riunione da Nenzi, il costruttore... Mi è impossibile venire a Bologna» era costernata.

«Non preoccuparti, prenderò un treno.»

«Fatti accompagnare da un taxi. Ma Alberto dov'è?»

«È appena andato in banca. Abbiamo deciso di separarci, Anna.»

Nel lungo silenzio che seguì all'altro capo del filo Emma avvertì lo sforzo che sua sorella stava facendo per controllare incredulità, interrogativi, commenti. «È una decisione che ho preso io. Sto bene» aggiunse per tranquillizzarla.

«Prendi un taxi» Anna insistette. «Ti offro la corsa io.»

«È inutile buttare i soldi, c'è un treno più o meno ogni ora.»

«Dove sei adesso?»

«Nel residence di Alberto.»

«Senti, vengo a prenderti nel pomeriggio. Aspettami lì.»

«Preferisco tornare subito a casa… A casa tua. Puoi ospitarmi per qualche giorno?»

«Emma, che cosa è successo?» Anna non riuscì più a controllarsi. «Non rispondermi "niente" e non ripetere che stai bene.»

«Posso venire da te?»

«Che razza di domanda è? Certo che puoi venire, e per tutto il tempo che vuoi. Le chiavi sono dalla portinaia.»

«Ci vediamo stasera. Grazie, Anna.»

Dieci minuti dopo il cellulare di Emma squillò. Era Anna. «Fabio Volonté è appena partito per Bologna. Aspettalo, tra un paio d'ore sarà da te.»

Emma cadde dalle nuvole. «Fabio Volonté?» ripeté. «Che c'entra lui?»

«Era nel mio studio quando hai telefonato e si è offerto di venirti a prendere con la sua macchina.»

«Dovevi rifiutare!»

«Emma, piantala. Di preoccupazioni me ne hai date abbastanza, in questi mesi, e non voglio andare a una riunione di lavoro con l'incubo che tu stia male o faccia qualche sciocchezza.»

XI

Fabio le telefonò dall'autostrada qualche minuto prima delle dieci: una lunga coda si era appena sbloccata e prevedeva di arrivare con un certo ritardo. Chiese gentilmente come stava e la pregò di aspettarlo.

Emma farfugliò qualche parola, sentendosi nervosa e a disagio. *Il suo biglietto è l'unico a cui ho risposto*, le aveva detto il giorno del funerale di sua madre, e quella frase stava a significare che ne era stato colpito, che vi aveva scorto lo slancio della profonda, ma pudica, partecipazione a un dolore senza consolazione.

La perdita di Sulu continuava ad apparirle tale, e quel dolore era di una sacralità intimidatoria e paralizzante. Che cosa dirgli, se le avesse parlato della tragedia? E in caso contrario, lei avrebbe dovuto rispettare il suo silenzio oppure esprimergli nuovamente comprensione e pena?

Alle undici, incapace di reggere una tensione che stava diventando insopportabile, Emma uscì dal miniappartamento del marito e andò a sedersi nella portineria del residence. Fabio arrivò mezz'ora dopo, scusandosi per il ritardo, e la guidò verso l'auto che aveva parcheggiato di fronte all'ingresso.

«Sono io che devo scusarmi. Mia sorella non avrebbe dovuto chiederle di venire fin qui a prendermi.»

«Sono stato io a proporglielo.» Aprì la portiera. «Ce la fa a salire da sola?»

«Sì, certo.» Indicò il bastone. «Lo porto soltanto per sicurezza... In questo periodo ho spesso mal di schiena.»

Fabio aspettò che fosse seduta, poi andò a sua volta a sedersi e mise in moto. «Non sapevo che lei fosse la sorella di Anna.»

«Nemmeno io potevo immaginare che vi conosceste.»

«Anna è molto più di una conoscente. Ci siamo associati per un progetto, ma negli ultimi mesi ha dovuto fare tutto lei. Non bastasse, si è presa anche la responsabilità del ritardo con il costruttore.»

«Parla del progetto Nenzi?» Emma chiese, evitando con cura di dare al discorso una piega personale.

«Già. Stamattina alle otto le ho portato in studio i miei calcoli e finalmente è potuta andare a presentare il progetto.» Si girò brevemente a guardarla. «Ero con Anna quando ha ricevuto la sua telefonata. E mi sono offerto di venirla a prendere.»

«Non doveva andare da Nenzi anche lei?»

«Non era indispensabile. Anna era molto preoccupata.»

«Ha solo quattro anni più di me, ma si ostina a trattarmi come una ansiosa madre chioccia.»

«Anna non ha capito che sei fatta d'acciaio» disse dandole improvvisamente del tu. «Al San Cristoforo ho vissuto dei giorni atroci, ma se ripenso al pomeriggio in cui ti vidi in palestra...» Si girò di nuovo verso di lei. «Sudavi, cadevi, stringevi le labbra fino a farle sanguinare, ma alla fine ti sei alzata dalla carrozzella e hai camminato. In quel momento ho creduto in Dio. Era come vedere sconfiggere miracolosamente la malattia e la morte.»

Emma arrossì ed ebbe la certezza che lui stesse per parlare di Sulu. Cosa dirgli? Voleva essere aiutato a perdonarla oppure a condannarla per la crudele violenza che gli aveva inflitto togliendosi la vita?

«Ieri mi sono separata da mio marito» confessò con precipitosa goffaggine.

«Anna me l'ha detto. Spera che si tratti di una crisi momentanea.»

Emma scosse la testa. «No... Mia sorella lo ha detestato per anni, ma dopo il mio incidente ha dovuto ricredersi. Alberto è una brava persona. Molto gentile.»

«La gentilezza non è un sentimento.»

Emma suo malgrado sorrise. «È una bella battuta. Mio marito ti definirebbe sentenzioso.»

«Non l'ho mai visto al San Cristoforo. E neppure Anna» osservò.

«Sono stata io a chiedergli di non venire. Quando sei in posti come quello, i "diversi" ti sembrano le persone che camminano, stanno bene, vanno a lavorare. Mio marito e mia sorella mi facevano questo effetto. Non è facile da spiegare... *Sicuri* che non sarei rimasta paralizzata, non riuscivano a capire che io ero invece spaventata e senza alcuna certezza... I loro inviti a reagire e il loro ottimismo mi innervosivano. Non potevo sentirmi in colpa perché non guarivo, quasi lo facessi per fargli dispetto.»

«Ti sei spiegata benissimo. A volte mi chiedo se Sulu...» Si interruppe bruscamente. «Scusa. Non voglio parlare di lei.»

Emma guardò davanti a sé come se non avesse sentito: non un cenno di assenso, un commento, una frase di comprensione. In quel momento avrebbe voluto addirittura smaterializzarsi perché capiva, *sentiva*, di essere una intrusa nel ricordo di Sulu. Fabio non aggiunse altro e lei non disturbò neppure quell'improvviso silenzio.

Reclinò la testa e continuò a guardare la strada davanti a sé. Il mal di schiena che l'aveva torturata fino alla sera prima era sparito, ma le tensioni di quelle ultime ventiquattro ore le avevano lasciato addosso una grande stanchezza. La separazione da Alberto aveva indubbiamente messo fine a una estenuante situazione di ambiguità e scontento, ma non avrebbe potuto avvenire in circostanze più penose.

Si stupiva di essere riuscita a dormire nel suo stesso letto, quello in cui lui si apprestava a rotolarsi con l'ultima amichetta. E si stupiva ancor più di non aver avvertito altro se non un vago disagio per lo squallore della situazione. Colto in flagrante, suo marito aveva reagito come nella peggiore delle pochade, negando e quasi risentendosi. La rattristò di non essere riuscita a odiarlo: era un chiaro segno di quanto ormai Alberto le fosse diventato indifferente ed estraneo.

Emma chiuse gli occhi, con un sospiro. Quando li riaprì, la macchina si stava fermando davanti a un autogrill. «Devo fare benzina» disse Fabio.

«Scusa, mi ero addormentata...» Si sollevò dallo schienale. «Come compagna di viaggio, non sono davvero...»

«Non devi scusarti. Come ti senti?»

«Bene. Dove siamo?»

«A una ventina di chilometri da Milano. Vuoi scendere a bere un caffè o preferisci che ripartiamo subito?»

«Per me è lo stesso, non ho fretta di arrivare.»

«Nemmeno io.» Fabio parcheggiò e scese per aprirle la portiera. «È l'ora di pranzo, possiamo fermarci a mangiare un boccone.» Le porse il braccio per aiutarla a smontare dall'auto e la sorresse per la vita fino all'interno dell'autogrill.

Come aveva fatto a considerarlo un cafone? Non ho mai conosciuto un uomo tanto gentile, Emma pensò mentre Fabio la guidava verso un tavolino libero. «Tu aspettami qui e io faccio la fila» le disse. «Che cosa ti devo prendere?»

«Non ho molto appetito... Mozzarella e pomodoro va bene.»

La gentilezza non è un sentimento. È vero, Emma dovette ammettere mentre lui si allontanava. Era *buono*. E quell'aggettivo, ormai usato soltanto per qualificare un film, un ristorante o un albergo, le sembrava il più adatto per riassumere la disponibilità, la capacità di comprensione, il calore umano di Fabio. E quelli *erano* sentimenti, non la formale cortesia che anche un serial killer poteva manifestare. Adesso capiva ciò che Fabio aveva inteso precisare.

Non voglio parlare di lei. Sulu. Con una fitta al cuore ripensò all'unica volta in cui l'aveva vista, mentre lasciava il San Cristoforo. Quel corpo raggomitolato su se stesso nella carrozzella quasi volesse farsi sempre più piccolo sino ad annientarsi... Quel funereo sipario di capelli nerissimi... Le sembrò impossibile che fosse la stessa donna dal sorriso solare e lo sguardo scintillante che aveva visto ritratta sui giornali.

La sua vita era stata indubbiamente travolta dalla tragedia, ma neppure il dolore più devastante poteva giustificare il gesto di Sulu. Per due mesi, come era stato scoperto, aveva nascosto sotto il materasso le pillole che avrebbe dovuto prendere giornalmente: un suicidio meditato con un accanimento che a Emma sembrava impietoso, senza ombra di bene.

«Eccomi qua.» La voce di Fabio. «La fila è stata bloccata da una anziana coppia di tedeschi indecisa prima tra lasagne e tagliatelle, poi tra petto di tacchino al forno e scaloppine al marsala» scherzò mentre deponeva il vassoio sul tavolo. «Questa è la tua caprese.»

Per sé aveva preso spaghetti alle vongole, pesce spada ai ferri e insalata.

«Vedo che hai appetito» sorrise Emma.

«Se le cose vanno male, non è giusto che il corpo debba soffrire: era la massima di mio nonno.» Si sedette di fronte a lei. «Mentre ero in coda mi ha chiamato tua sorella. La riunione con Nenzi è andata bene, ma tra due ore deve rivedersi con l'ingegnere. Mi ha pregato di accompagnarti a casa sua e di riferirti che ti raggiungerà appena possibile.»

«Le ho chiesto di ospitarmi per qualche giorno» tenne a precisare Emma. «Non me la sento di restare nella mia vecchia casa.»

Fabio assentì. «Adesso mangia.»

Mezz'ora dopo erano di nuovo in macchina. Fabio le abbassò il sedile. «Rilassati. Prova a fare un altro riposino.»

«Non ho sonno, grazie. È che da qualche tempo mi sono tornati i dolori alle gambe e alla schiena. Se c'è una cosa che non sopporto è stare male.» Si accorse di aver detto una frase stupida e si affrettò a spiegare: «Sono perfettamente guarita, perciò non dovrei più avere bisogno degli analgesici e del bastone per camminare. Quello che non sopporto è di stare male senza ragione. Forse sono davvero una malata immaginaria».

«Sei soltanto molto tesa. E questo ti fa...»

«Non è colpa mia. Non mi diverto a sentirmi così.»

«Certo che no.»

«Mio marito lo pensava.»

«Adesso l'hai lasciato.»

«Ero andata da lui per...» Si interruppe scuotendo la testa. «Non ha importanza.»

«Non sei costretta a parlarne, però non dire mai "non ha importanza" delle cose che ti fanno soffrire.»

«È un'altra massima di tuo nonno?»

«Mio nonno è morto a novantadue anni, nel sonno, dopo una vita senza problemi e piena di affetti. La sua conoscenza del dolore non era molto profonda.»

«La fine del mio matrimonio non è stata un dolore» Emma disse in fretta.

Fabio non fece commenti e lei tacque. Era la prima volta che il silenzio non la metteva a disagio e non le appariva affollato di interrogativi inquietanti o verità da tacere. A un certo punto si sentì talmente rilassata che ebbe paura di addormentarsi di nuovo. Raddrizzò il busto.

«Tra cinque minuti siamo al casello» Fabio disse.

«Non so come ringraziarti.»

«*Grazie*, *scusa*, *mi dispiace*... Devi essere stata una bambina terribilmente ben educata.»

Emma arrossì. «La buona educazione non è mai troppa.»

«Colpito. Ma tu smettila di ringraziarmi come se avessi compiuto un atto eroico o un sacrificio immane. Sono soltanto venuto a prenderti a Bologna.»

«Non eri tenuto a farlo.»

«E infatti nessuno mi ha costretto.»

«So quello che stai passando. Insomma, capisco il tuo desiderio di stare solo... E Anna non doveva...» *Accidenti a me*, Emma imprecò trattenendo il fiato. In che razza di discorso mi sono cacciata?

Fabio rispose dopo un tempo interminabile, quando Emma cominciava a sperare che non avesse sentito. «Sono venuto a prenderti volentieri. Tutto qui, il discorso è chiuso.»

«Immagino che sarebbe terribile ringraziarti di nuovo.»

«Poco fa hai definito tuo marito un uomo molto gentile. È strano, perché a sentirti sembra che nessuno mai ti abbia usato una premura, una attenzione.»

«Sarei ingiusta se facessi la vittima! Ho avuto un padre tenerissimo, una sorella che si è presa cura di me fin da quando ero bambina. Quanto a Alberto... Dopo il mio incidente non avrebbe potuto fare di più» Emma si accalorò. «Ma hai ragione tu, chiudiamo il discorso. Anzi, per finirlo sontuosamente, scusami per le sciocchezze che ho detto sul tuo bisogno di solitudine e di silenzio.»

«Se non voglio parlare di Sulu è soltanto perché starei ancora peggio e tu non sapresti come consolarmi. Pare invece che le parole di conforto siano la grande specialità di parenti e amici: tua moglie è finalmente in pace, non hai niente da rimproverarti, la vita deve continuare, non si può andare contro il destino... Sai qual è la cosa più orribile? Sono tutte verità: ma lo capisci soltanto se ti infliggi la violenza di sopravvivere... quanto basta per arrivare al momento in cui la sopravvivenza diventa di nuovo vita. Mentre parlavi del San Cristoforo, e del tuo rifiuto di ricevere le visite di Anna e di tuo marito, mi è venuto per l'ennesima volta il dubbio di aver sbagliato tutto con Sulu. L'ho assillata con la mia presenza continua e con le mie esortazioni a reagire senza capire che era molto più fragile di me. Era in fondo a un abisso di disperazione e non si sentiva pronta per risalire... La mia forza la rendeva ancor più disperata perché le faceva sentire il peso della sua inadeguatezza e forse anche quello dei sensi di colpa. A volte mi chiedo se non si è tolta la vita per liberarmi dalla sua presenza. Il suo gesto è stato così lucido, così premeditato...»

Emma lasciò che finisse senza interromperlo. E quando lui tacque, posò una mano sulla sua. «Sulu aveva la lucidità della disperazione» sussurrò. «Non esistono delle spiegazioni logiche, Fabio, e devi rassegnarti ad accettare tutti i tuoi interrogativi senza risposta.»

«Ero angosciato perché la vedevo paralizzata, sempre più debole. E mentre mi preoccupavo della sua salute, non mi sono accorto del suo vero male. Sulu è sprofondata nella volontà di morte perché io non l'ho fermata per tempo. Invece di piangere e di disperarmi con lei, mi sono fatto forza e le ho dato una sensazione ancora più abissale del suo dolore... Si è sentita sola. Forse mi ha detestato.»

«Questo allora esclude che si sia tolta la vita per pietà, per non esserti di peso» Emma disse con cautela.

Fabio non rispose. «È la prima volta che parlo di lei» mormorò dopo un breve silenzio.

Fecero il resto del viaggio senza dire altro ed Emma, ancora una volta, si guardò bene dal far domande. Si sentiva come se avesse appena superato una prova impossibile: sollevata per esservi riuscita, troppo stanca per ripeterla.

In dieci minuti furono davanti al portone di Anna. Fabio parcheggiò e l'accompagnò dentro casa. Nel momento di congedarsi, le depose un bacio sulla fronte. «Grazie di tutto» le disse.

Io amo questo uomo, Emma pensò. Sbalordita, spaventata, triste.

XII

Accompagnata dalla sorella, il giorno dopo Emma andò nella sua vecchia casa per prelevare della biancheria e qualche vestito di ricambio. Quel fine settimana Alberto rimase a Bologna. Il sabato successivo fece una breve scappata a Milano per incontrarsi con la moglie: dovevano concordare un appuntamento con l'avvocato amico per avviare le pratiche della separazione ed Emma desiderava mostrargli quello che intendeva portare via dalla loro casa.

«Prenditi quello che vuoi, anche tutto!» aveva detto spazientito Alberto al telefono, non vedendo la necessità di quella perdita di tempo.

«Prenderò soltanto i pochi mobili e gli oggetti che mi appartengono. Ma abbiamo molte altre cose in comune, e sarebbe opportuno decidere insieme come dividerle.»

Ancora una volta fu Anna ad accompagnarla. Non se la sentiva di ritrovarsi faccia a faccia con il marito. Nei dieci giorni trascorsi dal penoso incontro nel residence l'animosità nei suoi confronti era andata via via crescendo. Come aveva potuto vivere per oltre cinque anni con un uomo tanto superficiale ed egocentrico? Persino i pregi, adesso, le apparivano per quel che erano: una degenerazione dei difetti e dei limiti.

La dedizione lo preservava dal disagio dei sensi di colpa; l'onestà era meno faticosa dei compromessi e degli imbrogli. La gentilezza appagava il suo narcisismo perché gli valeva simpatie e consensi. Persino la generosità era un difetto perché non derivava dal cuore, bensì dall'incapacità di stabilire un legame di affetto anche con le cose che avrebbero dovuto essergli più familiari e care.

Emma arrivò all'appuntamento con lui carica di negatività e coi nervi tesi nello sforzo di controllarsi davanti ad Anna. Non le aveva voluto raccontare quanto era accaduto al residence né perché, nel volgere di poche ore, fosse arrivata all'inaspettata decisione di separarsi. A quel punto, preferiva tacerle i particolari per sempre.

Alberto era già arrivato e le stava aspettando in soggiorno. Emma scansò abilmente il suo tentativo di abbracciarla e per dieci minuti lo lasciò parlare del nuovo lavoro simulando un interesse che non provava e resistendo alla tentazione di strillare: smettila di parlare di te!

Al di là di un generico "ti trovo in ottima forma", Alberto non fece alcun accenno alla sua salute. Resosi conto che la cognata non sapeva nulla di quanto era successo nel residence, si mise a chiacchierare amichevolmente con lei.

Dopo avergli lasciato un tempo ragionevole, Emma lo richiamò: erano lì per concordare la divisione delle cose comuni.

«Prendi quello che vuoi» ripeté Alberto.

«Anche il vecchio cassettone di tua nonna? Anche il ritratto dei tuoi genitori? Anche la tua vecchia collezione di francobolli?» Emma scattò incapace di controllarsi oltre. «È possibile che tu non sia legato a niente?»

«Si parlava delle cose *comuni*, mi pare» Alberto obiettò incapace di capire quello scatto.

«E allora spicciamoci.»

Il mercoledì successivo Anna si incaricò di far prelevare dalla casa di Alberto gli oggetti e i mobili della sorella. A Emma parve di essere tornata indietro di sei anni: i mobili, i soprammobili, le fotografie, i libri, il computer furono rimessi negli stessi posti da cui li aveva tolti per portarli nella sua casa da sposa. Un ciclo si era aperto e chiuso, concludendosi. E adesso, solo adesso, per lei cominciava una nuova vita.

Si iscrisse a una palestra. Si mise in contatto con l'editor amico per annunciargli che era pronta a riprendere il lavoro. Si impose di fare una passeggiata di mezz'ora al giorno. Il sollievo di Anna fu enorme nel vedere che sua sorella si era finalmente decisa a riprendere un'esistenza normale. Ma una sera, tornando a casa, il suo sollievo si trasformò di nuovo in allarme: Emma, sia pure con molta circospezione, le comunicò di aver incaricato la banca di vendere le azioni ereditate dal padre e di essersi rivolta a un'agenzia di affittanze immobiliari per trovare un piccolo appartamento tutto per sé.

«Questa è anche casa tua! Ci sei nata, cresciuta!» Anna ribadì con rabbia. «Credevo che fossi cambiata e invece sei rimasta la solita pazza velleitaria. Non potevi almeno parlarmene, prima di prendere una decisione così importante? Quelle azioni erano tutto quanto avevi: c'era bisogno di venderle? Non potevi chiedere un prestito a me? Sono tua sorella: questo significa qualcosa per te, oppure sei incapace di legami e di affetti come tuo marito?»

Emma a quel punto fu costretta a interromperla. Capiva la sua reazione, le spiegò pacatamente, ma le conclusioni a cui era giunta non avevano alcun fondamento. Continuare ad abitare nella vecchia casa di famiglia le faceva un effetto quasi paralizzante: al desiderio di guardare avanti, proiettata in una nuova vita, si contrapponevano i ricordi del passato. Era uscita da lì piena di speranze per sposare l'uomo amato, e l'esservi ritornata le dava tutto il senso del proprio fallimento. Se non le aveva parlato prima dei suoi progetti era soltanto per il timore di essere fermata.

«Proprio perché ti voglio bene» Emma concluse con fervore «la decisione di andarmene è stata dolorosissima. E se tu adesso insistessi, credo che cederei.»

Anna la guardò freddamente. «A differenza di me, sei sempre stata molto brava a usare le parole. Io guardo ai fatti: hai preso questa decisione senza dirmi niente. Sono molto più che offesa, Emma.»

Il giorno dopo Fabio le telefonò per invitarla a cena. L'emozione e la gioia di Emma durarono pochi istanti. «È stata mia sorella a chiedertelo, vero?» Era più una constatazione che una domanda.

«Non esattamente. Mi ha soltanto parlato della vostra discussione di ieri.»

Emma fu tentata di accampare un pretesto per rifiutare. E a telefonata finita si diede dell'idiota per non averlo fatto. Era questa la *nuova vita* che progettava? Sola in una casa tutta sua a coltivare come un'adolescente romantica il sogno di un amore impossibile?

La gentilezza non è un sentimento, aveva detto Fabio. E lei sarebbe stata un'ingenua equivocando le premure e l'amichevole simpatia che le mostrava. Quali frustrazioni e quali amarezze voleva ancora andarsi a cercare?

Fabio passò a prenderla alle otto. Anna non era ancora rientrata dal lavoro. Il solo vederlo fece istantaneamente svanire le tensioni che aveva accumulato aspettando che arrivasse quell'ora. Gli fu grata che le risparmiasse il doveroso complimento tipo "ti trovo benissimo" o "sei in splendida forma".

Poco prima, truccandosi e guardandosi allo specchio, il suo aspetto l'aveva avvilita: occhiaie profonde, viso pallido e tirato, capelli che si stavano arricciando nel caschetto informe della ricrescita. *Volevi competere con la bellezza statuaria e solare di Sulu?* L'odiosa voce fortunatamente tacque non appena fu seduta in macchina accanto a Fabio.

Aveva scelto un vecchio ristorante milanese sui Navigli, da poco ristrutturato. Era stata Anna a dirgli che lei adorava la cotoletta e i risotti? Il dubbio fu fugato con sorprendente tempismo.

«Emma, chiariamo subito che ti ho invitata perché desideravo rivederti. Tua sorella mi ha offerto soltanto il motivo per farlo.»

«Ricondurmi alla ragione?»

«Tanto per cambiare è preoccupata per te. Pensa che tu non sia ancora pronta per andare a vivere da sola. È così?»

«Non ero pronta nemmeno per alzarmi dalla carrozzella, ma il trainer mi costrinse a farlo e adesso lo ringrazio. Sono arrivata alla mia età continuando a dipendere da qualcuno: mio padre, Anna, mio marito... Credi che non mi avrebbe fatto piacere restare a vivere con mia sorella? Se non mi fossi imposta di andarmene ora, probabilmente non sarei riuscita a farlo mai più. È così difficile da capire?»

«No. Quello che sembra obiettivamente poco ragionevole è la fretta con cui hai deciso. È luglio, e tra poco esploderà la canicola estiva: vuoi restare in città a visitare appartamenti o a organizzare un trasloco?»

«Quest'anno avevo già stabilito di non andare in vacanza.»

«Credo che mai come in questo momento ne avresti bisogno. È il tuo corpo che te lo chiede, come dice un noto slogan.»

«Se alludi al mio aspetto...»

«Alludo all'incidente, al coma, all'operazione, all'handicap contro cui hai lottato. Non bastasse, ti sei separata da tuo marito. Dovresti riprendere fiato, e non importi un'altra prova di forza. Riflettici: da parte mia, ti prometto che per questa sera non aggiungerò una parola di più. Io ho un discreto appetito. E tu?»

«Anch'io» Emma mentì.

«Il nuovo proprietario di questo ristorante è Anelio, un amico d'infanzia di mio padre. Ha fatto l'antiquario fino a sessant'anni, ma la cucina è sempre stata la sua passione. Ha recuperato tutti i piatti della tradizione lombarda e nel suo menu ripropone anche le ricette d'autore, ossia quelle che compaiono in alcuni famosi romanzi contemporanei o del passato.»

«È davvero interessante» Emma commentò quando furono arrivati, guardandosi intorno.

Lo era anche il locale: malgrado l'assenza di qualunque orpello folcloristico o decorativo, rievocava subito l'atmosfera di una vecchia trattoria. Il tocco dell'ex antiquario non si notava soltanto nella scelta dei pochi mobili d'epoca o nella accurata ristrutturazione dei vecchi tavoli, ma anche nella sapiente sistemazione dei punti luce, nei tendaggi leggeri, nelle tovaglie di lino grezzo sicuramente recuperate da qualche vecchio corredo o fiera antiquaria.

Anelio, il proprietario, si avvicinò al loro tavolo e seguì lo sguardo di Emma. «Mi fa piacere che le piaccia.» Diede una affettuosa pacca sulla spalla di Fabio. «E sono molto contento di vederti qui.»

«Lei è Emma, una mia amica.»

Anelio le tese la mano. «Se ha gli stessi gusti di Fabio, non guardi la lista e si fidi di me.»

«Mi piace tutto.» Gli sorrise.

«Questa è una frase che non deve mai dire a un grande cuoco! Le devono piacere *soltanto* gli eccezionali piatti che verranno espressamente preparati per lei, in base alle sue preferenze. Può darmi un orientamento?»

«Da mesi sogno una enorme cotoletta... Ma forse è troppo banale per un grande cuoco.»

«Parla della fettina impanata e fritta oppure della vecchia *costoletta* alla milanese dorata, croccante, con la crosta rigorosamente attaccata alla carne e una lacrima di sangue appena rappresa sull'osso? Questa è alta cucina, ragazza mia.»

Si intromise Fabio. «Costoletta anche per me. Hai qualche altro grande piatto da proporci?»

«Contorni e sformati preparati come una volta, quando le donne avevano pochi soldi ma molto tempo da passare in cucina.»

«In altre parole» azzardò Emma «piatti semplici e sani cucinati con molta fantasia.»

«Brava!» Anelio si allontanò lanciandole una occhiata di scoperta approvazione.

Emma si sentì d'un tratto rilassata e a proprio agio. Solo in quel momento osservò che Fabio si era tagliato i capelli, rasato con cura e aveva messo la cravatta. Era forse per questo che stava bene con lui? Per la prima volta lo vedeva come un uomo affascinante, e non come l'inconsolabile vedovo. L'aveva invitata a cena perché aveva voglia di stare con lei e questo la faceva sentire eccitata e gratificata come tutte le donne al primo incontro.

«Hai chiesto la cotoletta perché ti piace o perché l'ho ordinata io?» gli chiese inaspettatamente.

Fabio rise. «È a questo che pensavi, mentre mi fissavi intensamente?»

«Poco fa Anelio mi ha chiesto se ho i tuoi stessi gusti. La verità è che non ne ho la minima idea. Che libri leggi? Ami l'opera lirica? Quali film preferisci? Nella carne alla tartara ci vuoi l'aglio o non lo sopporti? Sembrano domande stupide, lo so. Ma vorrei conoscerti.»

«Posso risponderti seriamente? Fino a trentadue ho amato soltanto le auto, lo sport, la montagna. Quanto al resto, mi piaceva tutto: affermazione orribile, direbbe Anelio. In effetti ero piuttosto superficiale: mi andava bene qualunque libro, qualunque film, qualunque spettacolo purché non fosse noioso. Adesso ho fatto un piccolo passo avanti: ho capito quello che non mi piace. E purtroppo sono diventato molto critico. Rileggo i grandi classici, vado poco al cinema, amo l'opera ma non quando il regista o la scenografia diventano più importanti della musica, come sempre più spesso avviene. Ah, dimenticavo l'aglio.» L'ombra di tristezza sparì in un sorriso. «Lo ritengo irrinunciabile per certi piatti. La buona tavola, avrai capito, è una delle cose che apprezzo.»

«Nei momenti più tristi a me viene fame» Emma confessò. «L'anno scorso avevo deciso di scrivere un libro sulle piccole consolazioni del cibo raccogliendo le testimonianze di vecchi rituali, usanze... Poi scoprii che l'idea non era affatto originale perché qualcuno l'aveva già scritto.»

«*Tutto* è già stato scritto, Emma. Persino le biografie dei grandi personaggi si assomigliano.»

L'arrivo di Anelio li interruppe. Si avvicinò con un piccolo carrello che sistemò accanto al loro tavolo. «Ecco i contorni e gli sformati. Vi ho portato tutto insieme per lasciarvi chiacchierare tranquilli. Le costolette saranno pronte fra cinque minuti.»

Un cameriere sopraggiunse con una bottiglia di vino e, dopo aver riempito i bicchieri, si allontanò con Anelio.

«Mi è venuta una fame incontenibile» Emma esclamò lanciando uno sguardo estasiato ai piatti sul carrello.

«Allora, forza: da dove cominciamo?»

«È lo stesso: voglio tutto!»

Anelio aveva preparato un tortino di erbette, spinaci filanti, soufflé di patate, frittura di carciofi e cavolfiori, barbe di frate saltate in padella.

Fabio si incantò guardandola mangiare. «Dovresti davvero scriverlo, quel libro.»

Lasciarono il ristorante alle undici. Anelio li accompagnò alla porta. «Questa ragazza mi piace» disse rivolgendosi a Fabio.

«Anche a me.»

XIII

Fabio aprì gli occhi e li richiuse. Per alcuni istanti restò sospeso tra sonno e veglia, pervaso da una sensazione di leggerezza e di benessere fisico che all'improvviso divenne così struggente da farlo sobbalzare.

Oh, no, gemette sollevandosi di scatto dal letto. Emma dormiva ancora, il respiro leggero e le braccia avvolte attorno al cuscino. Dovette farsi violenza per non svegliarla e stringerla a sé. Si alzò lentamente e si diresse in punta di piedi verso la cucina.

Chiuse la porta quasi a voler erigere una barriera tra sé e l'estranea che dormiva poco distante. Ma Emma non era una estranea. Ed era stato lui a farla entrare nella sua casa e nella sua vita. Oh, no, gemette di nuovo, la gola secca e riarsa. Aprì il frigorifero, prese una bottiglia di acqua minerale e se la portò alla bocca. Un sorso, due sorsi, tre sorsi...

È successo perché ieri sera ero ubriaco, pensò. Ma quell'alibi lo fece vergognare. Anche se durante la cena aveva bevuto molto, non era mai stato tanto lucido come nell'istante in cui sulla via del ritorno aveva fermato la macchina e, girandosi verso Emma, aveva sussurrato con voce roca: «Non lasciarmi. Vieni a casa mia».

Era ubriaco, sì: ma di lei. Non aveva mai conosciuto una ragazza tanto affamata e l'aveva guardata mangiare sempre più attratto e turbato. Quel gioioso approccio con il cibo era fisicità, istinto, voglia di vita. E nel momento in cui l'aveva stretta a sé, con disperata frenesia, non era stato più capace di tirarsi indietro.

Accarezzando quel corpo solido e sano, inarcato contro il suo, per qualche istante aveva pensato al fragile corpo di Sulu: ma il desiderio di Emma era stato più forte. La disperazione, la solitudine e i brutti ricordi si erano dissolti negli spasmi di un orgasmo che lo aveva lasciato sfinito e col cuore traboccante di gratitudine. Mi hai riportato alla vita, stava per dirle. Ma lei gli aveva posato le dita sulle labbra. «Non dire niente. Io sono felice.»

Lo era stato anche lui, fino a quattro ore prima. Un braccio attorno al corpo di lei, l'aveva vista chiudere gli occhi e scivolare lentamente nel sonno. Era rimasto a osservare il suo viso quasi a volersene imprimere nella mente ogni particolare: la linea morbida delle labbra, i contorni rotondi e quasi infantili, il naso volitivo, la linea decisa del mento. Cautamente, con dolcezza, aveva accarezzato la cicatrice che affiorava tra le ciocche arricciate dei capelli. L'ultimo pensiero, prima di addormentarsi, era stato: io amo questa ragazza.

Adesso la felicità era sparita insieme con ogni certezza. Emma era una creatura straordinaria, ma non era stato l'amore a spingerlo verso di lei. Non toccavo una donna da mesi, pensò, ed ero disperatamente solo.

Anna gli aveva raccontato quanto il matrimonio con un uomo infedele e incapace di sentimenti profondi avesse anno dopo anno intristito e spento la sorella. Gli ripugnava la sola idea di ributtarla nell'insicurezza e nella sofferenza proprio quando aveva ritrovato l'autostima e la volontà di ricominciare.

Non devo rivederla più. Non sono ancora pronto per amare di nuovo. Non lo sarò mai. Udì la voce di Emma chiamarlo e provò un moto come di fastidio. «Sono in cucina» disse ad alta voce, pregando tra sé che non gli comparisse davanti con l'espressione trepida ed estasiata della novella sposa piena di progetti. Le andò incontro e le aprì la porta.

Emma si era truccata e rivestita e l'espressione del suo viso era cordialmente impersonale. «Adesso chiamo un taxi e vado. Scusa se ti ho disturbato, mi ero persa.»

«Aspetta un momento. Devo...»

«Non *devi* niente, Fabio. Né parlare, né spiegare. Adesso chiamo un taxi» ripeté.

Era molto più di quanto avesse sperato: niente estasi, niente progetti. Emma gli stava risparmiando persino l'imbarazzo di una spiegazione. Paradossalmente se ne sentì deluso. E, subito dopo, infuriato. «Vuoi sbalordirmi con questa tua immagine di donna distaccata e superiore?»

Emma scosse la testa. «So come ti senti e quello che vorresti dirmi. Volevo soltanto andarmene in...»

«Credi proprio di capire tutto?» chiese a voce alta, quasi incollerito.

«Mi sento a disagio quanto te. Stanotte è successo qualcosa di molto bello che però non può cambiare la tua vita. Non devi sentirti in colpa, perché l'ho voluto quanto te. E non hai bisogno di spiegarmi che non mi ami ed è meglio che non ci rivediamo più, perché lo so» disse con tristezza.

La furia di Fabio crollò. «Credevo di non essere pronto per amare di nuovo, e invece adesso capisco che è ancora peggio: non sono pronto neppure per essere consolato. Mi vergogno di quello che ho provato per te: stanotte sono stato felice, e poco fa ti ho detestato per questo. Rivedendoti, ti farei soltanto...»

«Non ci rivedremo più.»

«Che cosa farai, Emma?»

«Non lo so.» Corse via prima di scoppiare a piangere.

Dopo molte esitazioni, Anna accettò l'invito del socio e della moglie a trascorrere tre settimane a Bormio, nella loro casa: sua sorella aveva chiaramente bisogno di restarsene sola, e lei voleva dimostrarle che vivere sotto lo stesso tetto non significava affatto dipendere l'una dall'altra o dover rinunciare alla propria intimità. Prima di partire riempì il frigorifero di provviste e fece installare un condizionatore d'aria portatile in soggiorno.

La tranquillizzò sapere che durante la sua assenza Emma non se ne sarebbe stata in casa a rimuginare brutti ricordi e cattivi pensieri: il suo editor l'aveva invitata a raggiungerlo in ufficio preannunciando che intendeva affidarle un incarico molto urgente e molto delicato.

Emma andò all'appuntamento due ore dopo la partenza di Anna. Si trattava, in effetti, di un lavoro più impegnativo delle solite traduzioni. Un giornalista americano, venuto in Italia per fare un'inchiesta sulle nuove donne della mafia, era riuscito a raccogliere interviste e testimonianze inedite che, alla fine, aveva deciso di trasformare in un clamoroso dossier.

Compito di Emma era non soltanto tradurre via via in italiano ciò che il giornalista avrebbe scritto nella sua lingua, ma anche aiutarlo a suddividere organicamente il materiale, cercare in archivio riferimenti e dati per supportare le interviste, preparare delle schede.

La casa editrice intendeva pubblicare il dossier alla metà di ottobre, in concomitanza con un atteso processo di mafia. In pratica, si trattava di un instant book che esigeva ritmi di lavoro frenetici e tempi ristrettissimi.

«Non puoi rifiutare» le disse perentoriamente l'editor.

«Ma perché avete dato questo lavoro proprio a me? Avete collaboratori e redattori più esperti!»

«Vuoi la verità? Siamo quasi alla metà di agosto e nessuno era disposto a tornare in gran fretta dalle ferie o a rinunciare a una vacanza ormai programmata per un lavoro tanto rognoso. Sono stato io a fare il tuo nome. Diciamo pure che è un azzardo: non hai esperienza giornalistica, non sei abituata a scadenze ferree, ti sei appena ripresa da un brutto incidente, eppure sono certo che ce la farai perché sei un'ottima traduttrice e hai una volontà di ferro.»

«D'accordo. Accetto la sfida» Emma decise spericolatamente. L'incontro con Al Danton, il giornalista autore del dossier, la tranquillizzò subito. Era un uomo sui cinquant'anni alto e robusto che quasi le stritolò le dita in una stretta vigorosa. Il suo sguardo era attento e diretto, i suoi modi cordiali ed estroversi. Parlava un italiano corretto, ma con il tipico accento americano.

Danton la invitò a cena, ed Emma si accorse che era un conversatore inarrestabile e divertente. I suoi nonni paterni, le raccontò, erano contadini abruzzesi emigrati a New York negli anni Trenta. Il cognome d'origine, D'Antonio, era stato americanizzato in Danton da suo padre quando aveva fatto fortuna con il suo primo ristorante.

«Tu penseresti al solito ristorante di cucina italiana, con le tovaglie a quadretti bianchi e rossi e i fiaschi impagliati appesi ai muri... Be', sbagli. Mio padre aprì a Brooklyn un sofisticato locale per americani doc. Si faceva arrivare la carne dal Montana, e la fama delle sue bisteccone e delle sue grigliate si sparse ben presto. A quel locale ne seguirono altri.»

Al era stato sposato quattro volte, gli avvocati stavano concordando il divorzio dall'ultima moglie. «Fortunatamente ho un solo figlio. Sua madre, italiana, cattolica e insopportabilmente possessiva, quindici anni fa lo usò come strumento di ricatto: se divorzi, non lo vedi più. Ovviamente era solo una minaccia, e il giudice infatti stabilì che avrei potuto vederlo tutti i fine settimana e tenerlo con me durante le vacanze estive. Ma dopo tre anni rinunciai a questo diritto. La mia ex moglie aveva montato il ragazzino contro di me, e non mi volevo abbastanza male per subire i suoi musi e la sua astiosità.»

«Era tuo figlio...» Emma obiettò.

«E infatti mi costa ancora quarantamila dollari all'anno. Sopportare anche i suoi attacchi da nemico sempre più agguerrito sarebbe stato esagerato.»

Lavorando con lui, Emma capì il significato dell'espressione "sano egoismo". Al respingeva o ignorava ogni attentato alla propria autostima e al proprio desiderio di vivere nel modo migliore possibile. L'amore per se stesso non gli impediva di proiettarsi nei problemi del prossimo, di essere socialmente impegnato, di avere slanci ed entusiasmi.

Ma non esisteva persona o causa alla quale avrebbe sacrificato la vita. Lo dichiarava apertamente, con quel cinismo che giorno dopo giorno Emma scopriva attraverso i suoi discorsi: diffido degli eroi; non sopporto i martiri; se le madri insegnassero ai figli ad amare se stessi invece che inculcargli il senso del dovere e del sacrificio, gli stupri e la violenza sparirebbero perché nessuno oserebbe fare agli altri ciò che non vorrebbe fosse fatto a sé; il mio massimo desiderio sarebbe stato nascere figlio unico di madre vedova morta di parto, perché così mi sarei evitato vent'anni di lotte per conquistare la mia autonomia affettiva e mentale.

«Ma tu non hai mai amato nessuno? Amato *davvero*?» un giorno Emma gli chiese.

«Lavoro otto mesi all'anno per le mie ex mogli, dopo aver spartito con loro buona parte dei miei beni. Ti pare che non le abbia amate abbastanza? Tu confondi "davvero" con "per sempre".»

Al Danton era un formidabile macinatore di lavoro e la costringeva a orari massacranti, ma Emma non si sentiva mai stanca. Tradurre ciò che lui velocemente le passava non soltanto non le comportava alcuna difficoltà, perché scriveva in modo chiaro e conciso, ma le procurava un autentico piacere: Al era decisamente intelligente. Capace di profonde analisi e sottili sintesi.

La toccò particolarmente la storia di Salvatrice Inzolìa, figlia e moglie di mafiosi che dopo l'ultimo omicidio – quello di un bambino – aveva avuto il coraggio di andare dai carabinieri. Qualcuno, per paura che vuotasse il sacco su tutto ciò che sapeva, aveva tentato di ucciderla. E Salvatrice era finita su una carrozzella, invalida per sempre.

Al aveva cinicamente ridimensionato la figura di lei. «Suo padre voleva un maschio e le ha dato un nome da maschio, suo marito si era fatto un'amante. Pare che Salvatrice avesse tentato il suicidio. E invece le è andata molto meglio: si è vendicata di loro, facendoli sbattere in galera, e finalmente, in carrozzella, ha trovato un'identità e la massima delle gratificazioni: è diventata un'eroina.»

Perché non l'hai scritto? stava per chiedergli. Ma ormai lo conosceva abbastanza per prevederne la risposta: il bravo giornalista scrive quello che la gente si aspetta di leggere.

Il 5 settembre consegnarono all'editor le duecento cartelle di testo. «Emma è stata preziosa» Danton disse. «Senza di lei, non ce l'avrei mai fatta.»

Quando uscirono dalla casa editrice, il giornalista la prese per un braccio. «Faresti l'amore con me?» le chiese senza preamboli.

Emma scoppiò a ridere. «Come ti viene questa idea?»

«Mi è venuta fin dai primi giorni, ma avevamo il libro da finire. E allora, che ne dici? Andiamo qualche giorno a Portofino?»

«Al, no. Tra qualche giorno devo vedere mio marito per la separazione e non sono davvero pronta per...»

«Non ti sto chiedendo di sposarmi. Ma come non detto.»

«Sono innamorata, Al. È una storia molto difficile, molto...»

«Allora non raccontarmela, per carità. È troppo impegnativo anche un invito a cena?»

Al ripartì per New York due giorni dopo ed Emma lo accompagnò alla Malpensa. Sarebbe ritornato a Milano all'uscita del libro: l'ufficio stampa gli aveva già organizzato una serie di incontri e di passaggi televisivi.

Prima di lasciarla, Al si curvò per darle un bacio sulla guancia. «Ci rivedremo prestissimo.» Si accorse che Emma aveva le lacrime agli occhi. «Se ti sei pentita per aver rifiutato la mia proposta, non è davvero il caso di piangere: rimedieremo al mio ritorno.»

«Mi mancherai. Ti voglio bene, Al.»

«Riconosco l'inconfondibile tono dell'amica. Credo proprio che per me non ci siano speranze» disse con voce ostentatamente affranta.

Il 15 settembre Emma e Alberto si incontrarono nello studio del loro avvocato per avviare le pratiche della separazione consensuale. Emma non volle nulla, neppure gli alimenti. Tutto finì in meno di mezz'ora e l'avvocato li salutò auspicando che l'udienza dal giudice avvenisse il più presto possibile.

Alberto la accompagnò al vicino parcheggio dei taxi scusandosi per non potersi intrattenere con lei neppure per bere un caffè: purtroppo doveva tornare subito a Bologna per un impegno irrinunciabile.

Emma gli disse che capiva. E salì in taxi con infinito sollievo. Non provava più né ira, né rancore, né amarezza nei suoi confronti. Alberto era stato, a suo modo, un buon marito. E non avrebbe mai dimenticato ciò che aveva fatto per lei dopo l'incidente.

Ma non le era mai sembrato così estraneo, diverso da lei. L'unica amarezza era per tutti gli anni che aveva sprecato rifiutandosi di capire. L'incontro con Al Danton era stato illuminante, perché le aveva insegnato una grande verità: non vi è nulla di morale nell'essere infelici.

Quella sera disse a sua sorella che per il momento aveva deciso di restare a vivere con lei. Aveva già tanti problemi che le sembrava ridicolo andarsene a cercare degli altri.

Anna respirò di sollievo. Poi, scrutandola, chiese con voce leggera: «Fabio c'entra qualcosa in questa decisione?».

«Non lo vedo da oltre due mesi.»

«Non mi ha più chiesto niente di te.» La scrutò di nuovo. «Che cosa è successo, Emma?»

«Mi stavo...» Si interruppe. «Non voglio parlarne.»

«Vi siete incontrati troppo presto.»

«Ti ho detto che non voglio parlarne.»

«Fabio ha solo trentacinque anni. Non è un monaco e prima o poi...»

«Si porterà a letto qualche ragazza. Ma nessuna riuscirà a fargli dimenticare la moglie.»

Anna rifletté qualche istante. «Sulu lo aveva allontanato da tutti... Era una ragazza insicura, fragile, ma allo stesso tempo dura come una roccia. Il padre di Fabio non la poteva sopportare. E neppure gli amici. Erano molto preoccupati per lui.»

«Questi sono pettegolezzi indegni, e non capisco perché tu me li riferisca! Con buona pace dei suoi inqualificabili parenti, Fabio *adorava* sua moglie e non si darà mai pace per averla perduta.»

«Stamattina è venuto nel mio studio. A un certo punto ho dovuto allontanarmi e quando sono tornata lui teneva in mano la tua fotografia, quella che ho sulla scrivania. L'ha rimessa a posto bruscamente, come un ladro sorpreso a rubare.»

Emma guardò negli occhi la sorella. «Si può sapere che cosa intendi dirmi? Qual è il sommerso messaggio di questi farneticanti discorsi?»

«Siete il classico caso di due persone giuste che si sono incontrate al momento sbagliato. Ma il tempo ha tanti altri momenti... Insomma, Emma, se sei innamorata di lui non arrenderti.»

«Cosa devo fare? Infilarmi nel suo letto? Già fatto. E non è stata una esperienza che ripeterei. Ecco, l'ho detto.»

«Credi che non l'avessi capito?»

XIV

Due giorni prima di tornare in Italia Al Danton uscì di strada con la sua jeep e riportò una brutta frattura al femore. Telefonò, costernato, dalla sua stanza d'ospedale: dopo l'intervento a cui stava per sottoporsi avrebbe dovuto rimanere immobile per due settimane e pertanto gli era impossibile lasciare New York.

La casa editrice annullò le interviste e i passaggi televisivi programmati, ma non l'incontro con i giornalisti e le agenzie di stampa per la presentazione del libro. Emma avrebbe fatto le veci dell'autore: quale traduttrice e stretta collaboratrice di Danton era la persona più qualificata per illustrare i contenuti del libro, raccontare i retroscena di ciascuna intervista, documentare le clamorose testimonianze raccolte.

Emma, sulle prime, rifiutò categoricamente: la sola idea di parlare davanti a un microfono, e di dover rispondere alle domande dei giornalisti su un tema tanto scottante le faceva tremare i polsi. Ma alla fine fu costretta a cedere.

«Te la sei sempre cavata egregiamente accompagnando gli autori nei loro giri promozionali» le disse l'amico editor. «Di che cosa hai paura? Non devi tenere una conferenza sulla mafia, ma raccontare i contenuti del libro, che ben conosci, e rispondere a eventuali domande di cui conosci altrettanto bene le risposte. Detto tra noi, è una grande opportunità per metterti in vista: anche con i vertici della casa editrice.»

Emma trascorse una giornata e metà della notte davanti al computer per preparare il discorso introduttivo: prese nota di date, riferimenti e luoghi; elaborò delle brevi schede biografiche delle donne di mafia intervistate; memorizzò tutti i commenti e i particolari che Danton le aveva riferito durante la stesura del libro; previde delle circostanziate risposte alle domande che le sarebbero state rivolte.

Andò a letto alle quattro del mattino, stremata. Ma sei ore dopo, quando si presentò alla conferenza stampa, ogni traccia di stanchezza era scomparsa. Si sentiva eccitata, lucida, pronta a vincere anche quella sfida. Il responsabile dell'ufficio stampa spiegò i motivi per cui Danton era stato trattenuto a New York e presentò Emma enfatizzando esageratamente il ruolo che aveva avuto nella stesura, quasi fosse stata la coautrice del libro.

Superati i brevi istanti di disagio, Emma espose con voce ferma e concetti chiari il discorso di introduzione che aveva preparato. Più avanti, dovette complimentarsi con se stessa: i giornalisti le rivolsero proprio le domande che aveva previsto, e fu così in grado di dare risposte circostanziate ed esaurienti.

Le vendite del libro furono inferiori alle aspettative perché all'ultimo minuto fu rinviato il processo di mafia che avrebbe dovuto dargli la connotazione e la spinta di dossier di stretta attualità. Ma per Emma rappresentò comunque l'ottima opportunità che l'editor aveva previsto.

La sua disponibilità e l'ottimo lavoro che aveva svolto al fianco di Danton le valsero un mese dopo un nuovo incarico: assistere Albino Sorgi nella stesura del nuovo romanzo.

Né l'età avanzata, ottantacinque anni, né l'ictus che lo aveva lasciato claudicante e malfermo, né la vista debolissima erano riusciti a mettere in ginocchio lo scrittore. La sua fama, esplosa negli anni Cinquanta, si era ormai appannata e l'ultimo libro, pubblicato tre anni prima, aveva raggiunto a malapena le trentamila copie. Tuttavia Sorgi era rimasto un personaggio carismatico, di grande immagine per la casa editrice, e l'uscita di un suo libro era accolta dai critici come un evento.

Assistere Sorgi significava scrivere ciò che lui dettava, prendere nota dei suoi commenti e dei suoi appunti, rileggergli ogni capitolo, apportarvi le correzioni o i radicali cambiamenti che lei riteneva opportuni. E non soltanto: significava anche adeguarsi ai suoi tempi di lavoro, rispettare le sue pause di riflessione, convivere con le sue bizze, i suoi attacchi di collera, la sua pignoleria, i suoi rituali.

La redattrice che l'aveva seguito negli ultimi quindici anni era andata in pensione ed Emma accettò di sostituirla: conosceva tutti i libri di Albino Sorgi e si sentiva più onorata che spaventata all'idea di lavorare con lui.

Prima di incontrarlo ricevette una telefonata dall'agente dello scrittore: c'era un piccolo problema, le disse con imbarazzo. Sorgi era partito nel pomeriggio per Varigotti, in Liguria, e intendeva scrivere lì il suo libro. Questo significava che Emma avrebbe dovuto trascorrere molti giorni della settimana fuori Milano, ospite dello scrittore. Se la sentiva ugualmente di accettare l'incarico?

Emma rifletté qualche istante: quel cambiamento di programma era del tutto inaspettato e non se la sentiva di decidere su due piedi. Fu quanto disse sinceramente.

«Vada almeno a conoscerlo. Se crede, domani mattina l'accompagno io» l'agente propose.

La casa di Albino Sorgi si trovava nel cuore dell'antico borgo saraceno del paese. L'agente parcheggiò la macchina in una rientranza della strada d'accesso e fecero il resto del percorso a piedi, attraverso un susseguirsi di piazzette, archi e vecchie mura.

Ma Emma non era nello stato d'animo migliore per guardarsi intorno: il cielo era grigio, soffiava un vento gelido e non si vedeva in giro anima viva. Lei detestava il vento. Sollevando il bavero del cappotto, decise istantaneamente di rifiutare l'incarico: proprio non se la sentiva di rintanarsi tutto l'inverno in quel borgo solitario per assecondare l'ultima bizza dello scrittore.

L'agente parve leggerle nel pensiero. «Non si lasci scoraggiare dalla prima impressione. Questo posto è un piccolo gioiello, e nelle giornate di sole potrà fare delle bellissime passeggiate.»

Cercando pateticamente di trasmetterle un po' di entusiasmo, aggiunse che in estate il borgo veniva preso d'assalto dai turisti ed era praticamente impossibile trovare una stanza d'albergo libera o un appartamento da affittare perché i villeggianti più fedeli, sempre gli stessi, alla fine di ogni stagione prenotavano per l'estate seguente.

Emma non riuscì a trattenersi. «A quanto vedo, però, d'inverno tutti girano alla larga.»

«Ma il borgo non perde il suo fascino. Anzi, direi che è ancora più suggestivo.» Indicò davanti a sé. «La casa di Sorgi è dietro quella piazzetta, affacciata sulla vecchia spiaggia dei saraceni. Vent'anni fa la ereditò insieme con un parente. Era disabitata da tempo immemorabile, quasi un rudere, ma il nostro amico se ne innamorò e convinse il coerede a cedergli la sua parte. I lavori di ristrutturazione durarono ben due anni e l'impresario quasi impazzì perché Sorgi bocciò tutti i progetti e i materiali: voleva che la casa tornasse identica a come era originariamente, recuperando persino i vecchi pavimenti. E così è stato fatto.»

Benché infreddolita e infastidita dal vento, Emma non poté fare a meno di ammirare la piccola piazza che stavano attraversando, con le antiche case disposte a semicerchio e una veduta del mare che si scorgeva oltre un'arcata medioevale, come un quadro naturale racchiuso in una rara cornice.

L'agente la prese per un braccio. «Attenta a non scivolare» la avvertì mentre iniziavano una stretta strada tutta discesa. Indicò nuovamente davanti a sé. «La casa è quella.»

Era una costruzione di due piani, dalla solida struttura in pietra, situata in un piccolo spiazzo alla metà della discesa. Il portoncino, in formelle di legno con borchie in ferro, non aveva né campanelli né targa: solo un battente che l'agente non dovette neppure sollevare perché qualcuno venne ad aprire: Fabio.

Emma fece istintivamente un passo indietro. Che cosa faceva, lì? Fabio la fissò con l'aria di porsi l'identica domanda.

Ma fu il primo a superare quegli istanti di imbarazzo. «Albino Sorgi è il prozio di mio padre» disse guardandola. «Ieri l'ho accompagnato a Varigotti con la mia macchina.»

L'agente gli porse la mano. «Io sono Cesare Vertua e la signorina è...»

«La conosco.» Si rivolse ad Emma. «Immagino che tu sia l'assistente che aspettava.»

«Non è ancora deciso. Per il momento, devo solo incontrarlo» spiegò rigida.

«Entrate, vi faccio strada.»

L'ingresso dell'appartamento era in cima a una breve rampa di scale. Fabio li introdusse in una grande stanza con il pavimento di cotto a spina di pesce. Al di là della portafinestra si vedeva una terrazza lunga e stretta affacciata sul mare.

Una signora dall'età imprecisabile, coi capelli raccolti e lo sguardo attento e gentile, prese i cappotti di Emma e dell'agente e disse che il professore era al telefono e sarebbe arrivato subito. Desideravano un caffè o qualcosa d'altro?

«Un caffè va benissimo, grazie» Emma disse.

«Lei è Angela, la governante di mio zio» Fabio la presentò. «È la sola persona che riesca a sopportarlo, e da ben trent'anni.»

«Se dici così, spaventi la signorina» Angela lo rimproverò. Rivolse a Emma un sorriso. «Il professore ha i modi un po' bruschi, ma si accorgerà che è solo apparenza. Adesso vado a preparare il caffè e a vedere se ha finito di telefonare.»

Albino Sorgi era molto più magro di come Emma lo aveva visto nelle ultime fotografie, ma il suo fisico trasmetteva una strana impressione di severità e imponenza che lei subito recepì sentendosi piccola piccola. Lo scrittore si arrestò davanti a lei, sostenendosi sul bastone, e la scrutò silenziosamente con i piccoli occhi neri e pungenti. I sopraccigli irti e cespugliosi, rivolti all'insù, rendevano il suo sguardo quasi minaccioso.

Gli tese coraggiosamente la mano. «Sono la sua assistente. Naturalmente se...»

«So chi sei. Ma non ricordo il tuo nome.»

«Emma Anelli.»

«Sediamoci. Mi hanno detto che sei una brava traduttrice e che hai fatto un ottimo lavoro con un dossier sulla mafia. Ma io, francamente, ho molte perplessità: sei troppo giovane per restare con me tutto il tempo che mi servirà per finire il libro. Potresti annoiarti, spazientirti, stancarti di vivere in questo borgo, e io non posso correre questo rischio. Temo che potrei spazientirmi anch'io, perché non sono abituato a lavorare con una persona giovane. I giovani non mi interessano, non li capisco, appartengono a un altro mondo. Io ho bisogno di concentrarmi sul libro. Alla mia età questo è già molto faticoso, e non voglio aggiungere la fatica di comunicare con te.»

L'agente fece per dire qualcosa, ma Sorgi lo fermò con un gesto. «Tu non c'entri. Voglio sentire lei.»

Emma si schiarì la voce. «Se decidessi di accettare, non la abbandonerei di sicuro. Avrei preferito restare a Milano, certo, ma alla fine non sarebbe un problema venire qui. Una casa vale l'altra, e sono abituata a stare sola...»

«Qui saresti tutto il giorno con me.»

«Intendevo dire che esco poco, non mi piace la vita mondana, non ho amici particolarmente cari.»

«Questo è strano. Nemmeno amiche?»

Quell'interruzione spazientì Emma. Le era già difficile spiegarsi, e non capiva la ragione di quella domanda campata per aria. Cosa c'entrava col loro discorso? «Nemmeno amiche, a parte una sorella a cui sono molto legata. Come le dicevo, il problema non sarebbe passare cinque giorni alla settimana a Varigotti.» Si fermò cercando le parole per non ferirlo.

«Il problema sono io. Sbaglio?»

Emma arrossì. «Lei ha espresso delle riserve che mi sembrano giuste... Anche io dovrei concentrarmi sul lavoro, e anche per me a questa fatica si aggiungerebbe quella di comunicare con lei. Potremmo davvero parlare due linguaggi diversi.» Lo guardò negli occhi. «Però ho letto tutti i suoi libri e li ho...»

«Ce n'è uno che ti è piaciuto particolarmente?» la interruppe scrutandola.

«L'ultimo, *Dammi il sale*.»

«È davvero strano. Non credevo che la storia di due anziani coniugi potesse colpire una ragazza giovane come te.»

«Ho quasi ventinove anni, e sono stata sposata per circa sei! Quello che a me sembra strano è il giudizio riduttivo che lei ha espresso sul suo libro. Non è la storia di due *anziani coniugi*: il devastante minimalismo del loro lessico, dei loro rituali e della loro affettività è la storia esemplare di tutte le coppie che stanno insieme perché giorno dopo giorno perdono il ricordo e la voglia di un amore vero. Succede anche ai giovani.» Emma si infervorò. «Se mi permette, lei sbaglia pensando che i giovani appartengano a un altro mondo o parlino un altro linguaggio.»

Albino Sorgi si sollevò dal divano. «Adesso ho bisogno di riposare e starmene da solo. Se volete pranzare qui, ditelo a Angela. Se preferite andare al ristorante, *La muraglia* è aperto.»

Si rivolse a Emma. «Prima che torni a Milano, ti dirò che cosa ho deciso.»

«Devo decidere anch'io» tenne a sottolineare. «E non so se entro stasera sarò in grado di darle una risposta.»

«Bel temperamento. Ne riparleremo più tardi, adesso devo riposare.» Angela corse a dargli il braccio e lo accompagnò nella sua stanza.

«Gli sei piaciuta» Fabio disse sorridendo a Emma.

«E molto» rincarò l'agente. «Sarebbe uno sbaglio se lei rifiutasse questo incarico, perché lavorare con Sorgi è una esperienza preziosa, irripetibile.»

«Proprio per questo mi fa paura. Dubito di esserne all'altezza.»

Fabio intervenne pronto. «Lasciamo Angela tranquilla e parliamone al ristorante.»

Fabio cominciò a parlare di Sorgi: «Benché mio padre sia il suo pronipote, e il solo parente che gli è rimasto, fino a vent'anni fa neppure si conoscevano. Si videro per la prima volta nello studio di un notaio, e appresero di essere coeredi di uno stabile ormai in rovina, la casa di Varigotti. Mio padre non era minimamente interessato a rilevarlo e ristrutturarlo e credo che gli avrebbe ceduto la sua parte senza problemi. Ma quando lo zio Albino glielo impose di prepotenza, quasi fosse un suo diritto, si irritò e oppose un rifiuto. Ma dopo un paio di settimane cedette: non è da mio padre fare delle guerre per puntiglio o per principio. Considerando lo stabile per ciò che era, un rudere, non volle una lira.»

L'arrivo del cameriere lo interruppe. Dopo che ebbero ordinato, Emma lo invitò, interessata, a proseguire.

«Lo zio Albino si risentì della generosità di mio padre. Non gli andava di essere trattato da parente povero. E quando io raggiunsi la maggiore età, volle intestarmi la casa riservandosene l'usufrutto. Andai dal notaio deciso a rifiutare. Ma accadde qualcosa di assolutamente imprevedibile: il nostro rapporto di lontani parenti diventò un rapporto di profondo affetto. Fu come un colpo di fulmine. Da allora mi ha considerato un figlio. Ignora mio padre, per un bizzarro puntiglio, ma con me ha stabilito un rapporto di autentico affetto. Ricambiato.»

Il suo viso si rabbuiò. «C'è stata un po' di ruggine… E per un certo periodo abbiamo smesso di vederci. Ma ormai è cosa passata. Due mesi fa lo zio ha avuto dei problemi di cuore. Non sta ancora bene, e non mi sembra davvero il momento migliore per cominciare un nuovo libro.» Guardò Emma negli occhi. «Nel prendere la tua decisione, non sottovalutare l'enorme aiuto che gli daresti.»

«Lei gli piace molto» ribadì l'agente.

«Questa ragazza è una grande seduttrice» rise Fabio. Ma la sua voce era seria.

Durante il pranzo Emma parlò del suo incontro con Al Danton, descrisse con vivacità le sue sparate, i suoi paradossi, il suo cinico approccio con l'amore, le ex mogli, la paternità. L'agente la ascoltava divertito e Fabio non staccava lo sguardo da lei. Da quanto tempo non si sentiva tanto eccitata, gratificata, a proprio agio?

Uscirono dal ristorante quasi alle tre. Albino Sorgi li stava aspettando in soggiorno.

«Se è disposto a correre il rischio» Emma gli disse «io accetto la sua proposta.»

Le parve di scorgere una luce di sollievo nello sguardo dello scrittore, ma dovette ricredersi. «Te lo farò sapere quando anch'io avrò deciso» fu la asciutta replica.

Al mattino seguente, alle nove, l'agente le telefonò per comunicarle che Sorgi l'aspettava quel giorno stesso a Varigotti per cominciare la stesura del libro.

Anna non fece obiezioni. Era sollevata e felice nel vedere che la sorella stava finalmente prendendo sul serio il suo lavoro.

XV

Emma arrivò a Varigotti con il computer portatile, un registratore, una risma di fogli e un set delle sue penne a sfera preferite, pronta a iniziare immediatamente il lavoro. Ma Sorgi spense subito il suo entusiasmo: si rilassasse, non c'era alcuna fretta.

Per tre giorni neppure parlò del libro da scrivere, quasi Emma fosse un'ospite da intrattenere e fare distrarre. Una mano stretta al suo braccio e l'altra appoggiata sul bastone, il primo giorno la condusse a visitare il borgo saraceno raccontandogliene l'affascinante storia. Il giorno successivo si sedette con lei a prendere il sole sulla spiaggia deserta che si scorgeva dal balcone della sua casa. Il terzo la portò a pranzo da un vecchio amico pescatore.

Sorgi le rivolgeva le domande più personali con una naturalezza tale che, senza accorgersene, Emma finì per raccontargli tutto di sé: la fuga della madre, l'incontro con Alberto, i suoi tradimenti, la lunga crisi di un matrimonio che nessuno dei due aveva avuto il coraggio di spezzare, l'incidente che quasi le era costato la vita e la lotta per alzarsi dalla carrozzella...

«Ho conosciuto suo nipote mentre ero ricoverata in un centro di riabilitazione motoria» si ritrovò a raccontargli. «Anche Sulu, sua moglie, era ricoverata lì.»

Nell'udire quel nome, Sorgi fece un gesto come di fastidio e cambiò discorso. Ma quella sera stessa, mentre cenavano, fu lui a riportare il discorso su Fabio. «Che cosa pensi di lui?» le chiese a bruciapelo.

Stavolta Emma si chiuse a riccio. «Lo conosco appena... Penso che sia una brava persona.»

«Stai sottovalutando i miei ottantacinque anni e la mia intelligenza, ragazza cara. Il mio propronipote mi è sicuramente affezionato, ma non al punto da non poter resistere quattro giorni lontano da me. Angela mi ha riferito che arriverà a Varigotti domani: ha preso questa decisione dopo aver saputo che per questo fine settimana tu ti fermavi qui. Ho visto come vi guardate...»

«Io non lo guardo mai» Emma borbottò.

«Solo occhiate furtive» la corresse Sorgi. «Lui invece non riesce a staccare gli occhi da te. Ma è la stessa cosa. Allora, vuoi raccontarmi tutto?»

«Dopo la morte di Sulu ci siamo incontrati per caso. Mia sorella fa l'architetto, come lui, e questo ci ha dato l'opportunità di rivederci. Ma a un certo punto abbiamo stabilito che era meglio lasciar perdere. Questo è tutto.»

«A quale punto? Dove eravate arrivati?»

«Troppo in là per un uomo deciso a non innamorarsi più.»

Con grande sollievo di Emma, lo scrittore non indagò oltre. «Da domani possiamo cominciare a lavorare» le disse.

«Non aspettavo altro.»

«Anch'io. Ma era impensabile farlo con una persona di cui non sapevo nulla, un'estranea che avrebbe potuto deludermi, farmi perdere le staffe, rivelarsi incompatibile con me.»

«Sta dicendo che in questi tre giorni mi ha tenuto sotto esame?»

«Non esattamente. Ho voluto conoscerti e mi sei piaciuta.»

«Però io non so niente di lei... Potrebbe essere lei a deludermi, farmi perdere le...»

«Questo è impossibile» la interruppe.

La sveglia suonava alle sette. Emma si alzava in silenzio, infilava una tuta e andava sulla spiaggia deserta. Dopo venti minuti di camminata a passo veloce, si sdraiava sulla sabbia per eseguire gli esercizi di respirazione e di rilassamento. Dopo tre quarti d'ora, risaliva in casa per fare la doccia, truccarsi e vestirsi. Sorgi la raggiungeva in soggiorno alle otto e mezzo per fare colazione insieme. Subito dopo, cominciavano a lavorare.

La prima mattina ebbero quasi uno scontro. Fu quando Emma avviò il registratore. «Togli subito di mezzo quell'aggeggio!» lo scrittore urlò.

«Ma è il modo più pratico per lavorare.» Emma spiegò pazientemente. «Mentre l'apparecchio registra tutto quello che lei dice, io prendo via via nota delle domande e delle osservazioni che devo farle.»

Sorgi, se possibile, si infuriò ancora di più. «Trovare un modo *pratico* di lavorare è l'ultimo dei miei pensieri! Ci vedo poco, ho le dita rattrappite dall'artrosi, faccio fatica a concentrarmi perché sono mezzo rincoglionito e secondo te dovrei pure preoccuparmi del registratore? Io voglio lavorare con un essere umano, che mi ascolta e scrive al posto mio. Quell'aggeggio mi paralizza!»

«Avrei dovuto capirlo da sola. Mi scusi.»

Sorgi chiudeva gli occhi e parlava lentamente, dando a Emma tutto il tempo di trascrivere ciò che diceva. Altre volte, invece, si sollevava sul busto e si consultava con lei: l'attacco non le sembrava fiacco? Era riuscito a trasmettere il sommerso e sottile avanzare della follia che avrebbe devastato la mente di Macy, la protagonista? Quali sentimenti le suscitava quella giovane donna?

Quando Emma rispose "soprattutto pietà" ebbe uno scatto d'ira. «Allora ho sbagliato! Devo mettere a fuoco meglio la sua personalità!»

Il problema di Emma era uno solo: Sorgi la teneva occupata tutto il giorno con la dettatura e alla sera, dopo cena, insisteva perché rimanesse a chiacchierare con lui. «Deve darmi il tempo di battere al computer quello che mi detta per poterglielo rileggere» gli fece osservare. «Solamente così lei può capire se c'è qualcosa da cambiare o da correggere.»

«D'accordo» Sorgi assentì a malincuore. «Domani ti lascerò lavorare da sola. Ovviamente telefonerò a Fabio di non venire. Sarebbe solo un disturbo.»

Emma riuscì a nascondere la propria delusione. Ma il giorno dopo, al termine della consueta uscita mattutina, si chiuse nella sua stanza con il solo desiderio di lavorare. Era felice di aver accettato quell'incarico, gratificata dalla fiducia che lo scrittore le dimostrava, vogliosa di rendersi ancora più utile.

Quel romanzo, sia pure appena iniziato, le sembrava singolare: vi figurava un solo personaggio, Macy, di cui si ignorava tutto: dove abitava? Da dove veniva? Quali fattezze aveva? In quale luogo si svolgevano i fatti? A questa inquietante mancanza di fisicità, di riferimenti e di presenze faceva riscontro il lento e pauroso materializzarsi del Male inteso come malattia, devastazione, dolore, rifiuto della vita.

Emma batté al computer le venti cartelle che aveva scritto sotto dettatura, le stampò e le rilesse con attenzione. Qualcosa le sfuggiva: l'anima di Macy *era* il Male oppure il Male se ne era impossessato per cercare un rifugio invisibile?

Debbo parlarne con Sorgi, si ripropose. È necessario

che fin dall'inizio questo punto sia chiaro. E c'è un'altra cosa che non capisco: perché Sorgi non vuole che il personaggio di Macy susciti pietà? Ma forse era lei che non capiva.

Emma rilesse con attenzione le cartelle soffermandosi su ogni passaggio e d'un tratto qualcosa serpeggiò dentro di lei: una sensazione confusa di pericolo che le fece trattenere il fiato. Stai calma, si impose proseguendo la lettura.

Quella sensazione divenne d'un tratto una certezza agghiacciante. Uscì correndo dalla stanza e raggiunse lo scrittore.

«Macy è Sulu, vero?» lo aggredì.

Sorgi la guardò calmo. «Macy non esiste. È una rappresentazione, una...»

«Come può fare questo a suo nipote?» Emma proruppe senza ascoltarlo.

«Smettila di farneticare.»

«Me ne vado oggi stesso.»

«Emma, detesto le donne isteriche.»

«Lei non ha cuore. Il suo romanzo è... è spietato.»

«Siediti» Sorgi ordinò. «E non ti permettere mai più di parlarmi con questo tono. A Fabio voglio più bene di quanto chiunque possa immaginare. È il figlio che non ho avuto e di cui sono orgoglioso: se è diventato la persona che è, non è certo per quel modesto uomo perbene che ha avuto come padre biologico. Credi veramente che io possa fargli del male? E per di più intenzionalmente?»

«Macy è Sulu» Emma ripeté cupa.

«Spiegami che cosa te lo fa pensare. Conoscevi forse la moglie di Fabio?»

«No... Ma...» si interruppe.

«Ma hai *captato* la sua negatività, il suo rifiuto della vita, la violenza devastante che ha inflitto a Fabio uccidendosi a quel modo» Sorgi disse per lei.

Poiché Emma taceva, aggiunse: «Macy è Sulu, sono io, sei tu. È il momento in cui il male prevale sul bene, l'istinto della morte su quello della vita, l'odio sull'amore».

«Sono soltanto belle parole. Lei sta scrivendo un libro che ferirà a morte Fabio.»

«Oppure lo costringerà a comprendere l'abisso in cui era precipitato.»

«Lei odiava Sulu. La odia persino adesso che è morta. Perché?»

«Sulu ha rappresentato il momento negativo della vita di Fabio. Un momento durato tre anni. Ha cercato di tagliargli i coglioni, di possederlo, di cannibalizzarlo... E quando si è accorta che il marito era più forte di lei è ricorsa al gesto estremo per piegarlo. Ma non l'ho mai odiata: mi faceva paura.»

«Prima dell'incidente in cui persero i loro figli, lei e Fabio erano una coppia innamorata, felice... Sulu aveva fatto l'indossatrice... Era una ragazza bellissima, di successo.»

«Il Male ha sempre un aspetto seduttivo, accattivante.»

«La smetta di parlare per metafore!» Emma sbottò.

«E tu smettila di esprimerti come una romantica lettrice di fotoromanzi. Che cosa sai del passato di Sulu? Era una ragazza psichicamente fragile, ma lucida e invasiva.»

«Se è così, non riesce a provare pietà per lei?»

«No.»

«Dovrebbe almeno rispettare i sentimenti di suo nipote... Il ricordo che Fabio ha di lei.»

«Io voglio salvarlo. E tu mi aiuterai, Emma.»

«Non con il libro che sta scrivendo. È ignobile.»

«Allora mi aiuterai a renderlo più pietoso.»

Nei tre giorni che seguirono Sorgi sospese la dettatura per discutere con Emma il nuovo impianto del romanzo. Stranamente, fu lui stesso a suggerire tutti i cambiamenti e i particolari mirati a ciò che Emma aveva posto come condizione: eliminare ogni possibile associazione tra Macy e Sulu.

Macy diventò Maria, una ragazza italiana. La sua immaterialità assunse delle precise fattezze: aveva i capelli chiari, era di statura media e non di particolare bellezza. Sorgi le attribuì una occupazione al di sopra di ogni sospetto: faceva l'insegnante. Maria non era sposata e – questo lo suggerì Emma – non sembrava avere una particolare inclinazione per la maternità.

Emma riempì trenta pagine di annotazioni, particolari, sviluppi. Dopo averle battute e stampate, le rilesse e tirò un sospiro di sollievo: così poteva andare. Era *impossibile* confondere Maria con Sulu.

Al quarto giorno Sorgi riprese la dettatura del libro. Emma trascriveva fedelmente, sempre attenta affinché niente di ciò che accadeva alla protagonista potesse avere il più lontano riferimento con la moglie di Fabio. Come una parola o un pensiero di Maria le apparivano sospetti, sollevava la testa dal foglio e riprendeva Sorgi: meglio cambiare.

Era sorpresa per la sua condiscendenza. A volte sentiva su di sé lo sguardo dello scrittore e le sembrava di scorgervi un che di divertito, come se stesse giocando al gatto e al topo.

Al venerdì Emma tornò a chiudersi nella sua stanza per battere al computer i primi tre capitoli. E ancor prima di rileggerli realizzò la sconvolgente verità: per quanti cambiamenti lei avesse imposto Sulu continuava a incombere in ogni pagina. Sparita Macy, si era incarnata in Maria.

«Come è possibile?» chiese, affranta, a Sorgi.

Lo scrittore la guardò con comprensione. «Te l'avevo detto: non esistono né Macy, né Maria, né Sulu. Sono una rappresentazione, un simbolo. E per quanti sforzi tu faccia, non potrai mai cancellare la faccia buia della vita.»

«Fabio ne morirà» sussurrò angosciata.

«C'è anche l'altra faccia, quella illuminata: e io voglio che alzi gli occhi e la veda.»

XVI

Sabato mattina. Emma si svegliò con un profondo senso di oppressione e decise di rinunciare alla solita passeggiata mattutina. Alle otto e mezzo raggiunse Sorgi in soggiorno, per la colazione.

«Oggi niente lavoro» lo scrittore le disse. «Perché non vai a respirare un po' di aria buona? Ne hai bisogno.»

Anche lei, fu lì per rispondergli. Non l'aveva mai visto col volto tanto tirato e stanco, ma le sembrò inopportuno rimarcarlo. Poco dopo Angela le fece cenno di seguirla in cucina e le disse che quella notte il professore aveva avuto una crisi anginosa.

«Perché non mi ha chiamato?»

«Me lo ha proibito. Sono molto preoccupata e un'ora fa ho telefonato a Fabio pregandolo di venire qui. Solo lui può convincerlo a ritornare a Milano per farsi visitare dal suo medico.»

«Forse è soltanto stanco. È da quasi due settimane che vive sotto pressione lavorando più di dieci ore al giorno.»

«E ha pure smesso di prendere le pastiglie per la pressione, con la scusa che gli fanno venire sonno. Sono davvero preoccupata, Emma.»

A quel punto, lo era anche lei. «Quando arriverà Fabio?»

«Ha detto che partiva subito. Dovrebbe essere qui prima delle undici.»

Quando Emma tornò in soggiorno, Sorgi si era addormentato. Si sedette di fronte a lui sopraffatta dai sensi di colpa. Era stata lei a stremarlo con le sue accuse, irritarlo con le sue polemiche, a imporgli la fatica di inutili rifacimenti. La sola idea che stesse male le era insopportabile. Gli voglio bene, pensò con le lacrime agli occhi. Nell'abbandono del sonno e senza la luce degli occhi vivi e pungenti, il viso di Sorgi per la prima volta le appariva quello di un vecchio giunto all'estremo limite della vita.

Istintivamente si curvò su di lui e gli afferrò una mano. «Professore, sta bene?»

Sorgi si drizzò sul busto, con un sussulto. «Certo. Stavo pensando.»

«Tra poco arriverà Fabio.»

Un sorrisetto. «Non certamente per vedere me.»

Emma non rispose e gli occhi di Sorgi si socchiusero, in una lampeggiante fessura. «È stata Angela a chiamarlo, vero?»

«È preoccupata per lei! E adesso lo sono anch'io!»

«Levati dai piedi. Non permetterò a nessuno di trattarmi come un vecchio rincoglionito.»

«Lei è un vecchio pazzo.» Emma scoppiò a piangere.

«Lo sai a quanti insulti sono sopravvissuto? Vuoi che ti faccia un elenco di paresi, infarti, ictus, attacchi di...»

«Proprio per questo dovrebbe aver cura di sé.»

«Vuoi dire di occhi mezzi ciechi, di gambe che non si muovono, di organi degradati? Non sono io, questo.»

«E vuole uccidersi? Dov'è la differenza tra lei e Sulu, o Maria, o come accidenti si chiama il rifiuto della vita?»

«È la vita che se ne va dai vecchi, Emma. La vera violenza sarebbe trattenerla a ogni costo rifiutando di passare all'altra.»

«Lei con le parole aggiusta tutto, spiega tutto.»

«E tu no? Sono incantato dalla tua dialettica.»

«Non cambi discorso!»

«Levati dai piedi. Non c'è altro da dire.» Reclinò la testa e chiuse gli occhi, respirando con affanno.

Quando il nipote arrivò, dormiva ancora. «Non c'è un medico, qui?» Fabio chiese ad Angela.

«No. Bisogna chiamarlo da Finale. Ma il professore non vuole assolutamente vederlo.»

«Lascia fare a me.» Fabio risalì in macchina e andò a prendere il medico. Mezz'ora dopo era di ritorno con lui.

Il respiro si era fatto debolissimo. Mentre Angela cercava di sfilargli la giacca aprì gli occhi e subito li richiuse. Fabio e Angela ne approfittarono per sollevarlo dalla poltrona e trasportarlo di peso nel suo letto.

Emma, che fino a quel momento era stata in silenzio, alla fine della visita chiese al medico se non fosse il caso di ricoverarlo nell'ospedale più vicino.

Il medico scosse tristemente la testa. «Se ne sta andando.»

Due ore dopo Angela, in lacrime, consegnò a Fabio una busta. «È per te. Me l'aveva data ieri pomeriggio.» Erano poche righe scritte faticosamente e a malapena leggibili.

Seppellitemi qui. Non voglio estranei al mio funerale. Vi raccomando Angela. Grazie di tutto, figlio mio. Emma saprà cosa fare.

Seguivano due parole simili a scarabocchi e vigorosamente cancellate.

Cosa fare dei tre capitoli del romanzo incompiuto? Della vita di suo nipote? Quando Fabio le mostrò l'ultimo messaggio dello zio, Emma tenne per sé quegli interrogativi.

L'annuncio della morte venne dato a funerali avvenuti. Fu una cerimonia meno intima di quanto lo scrittore avrebbe voluto perché tutti gli abitanti del borgo vi parteciparono, ma Emma ebbe la certezza che nessuno di loro poteva considerarsi un *estraneo.*

Angela pianse disperatamente per tutto il tempo. Quando tornarono a casa chiese a Fabio se le permetteva di trattenersi una decina di giorni a Varigotti.

«Questa è casa tua» Fabio rispose quasi offeso. «E anche quella di Milano. Qualunque cosa lo zio abbia disposto, tutto quello che possedeva appartiene a te.»

«Non ho bisogno di nulla: in questi vent'anni ho messo da parte più soldi di quanti ne potrò spendere.»

«Il suo ultimo pensiero è stato per te, Angela.»

«Ho bisogno soltanto del vostro affetto.» Guardò anche Emma. «È questo che lo zio vi ha chiesto.»

«E dove pensi di andare? Tornare in Friuli, nella casa di una cognata vedova che non vedi da vent'anni?»

Angela tacque per qualche istante. «Non ci avevo pensato» disse mortificata.

«Allora lascia che ci pensi io. Tu devi soltanto dirmi quello che preferisci fare. Vuoi venire a stare con me? Vivere nella casa dello zio?»

«Se per te non è un problema, vorrei vivere a Varigotti. Amo questa casa e potrei prendermene cura come una custode... Tenerla sempre pronta per quando deciderai di venire.»

«Verrò quando mi inviterai tu, Angela. Quante volte te lo devo ripetere? Quello che era di mio zio adesso appartiene a te. Sei tu che in questi anni l'hai curato, assistito, vegliato.»

«Io ero sola e tu avevi la famiglia a cui pensare.»

Emma lo vide rabbuiarsi e tacere. Anche Angela tacque.

Fabio tornò a Milano all'indomani mattina. Emma, invece, decise di trattenersi ancora per qualche giorno con

Angela per aiutarla a mettere ordine tra le cose di Sorgi. Senza di lui, la donna si aggirava per le stanze desolata e sperduta.

Emma cominciò dagli indumenti: svuotò gli armadi e i cassetti, riempì quattro sacchi e telefonò a una associazione benefica affinché venissero a ritirarli. Alle deboli proteste di Angela, rispose decisa che il professore avrebbe senz'altro approvato.

Detersivi e spazzoloni, la aiutò a ripulire a fondo la casa. E infine si accinse al lavoro più impegnativo e delicato: mettere mano allo studio dello scrittore. La libreria era una accozzaglia di volumi sistemati a caso. La scrivania era sommersa di raccoglitori, cartelle, ritagli di giornale, fogli di appunti stilati a mano ed impilati. Persino le due poltroncine erano diventate ripiani di appoggio.

Angela sospirò. «Non è colpa mia, Emma. Il professore mi *proibiva* di entrare nel suo studio... E credo che anche adesso dovremmo lasciare tutto come sta.»

«Polvere e cestini pieni di cartacce compresi? Nel giro di pochi mesi questo studio diventerebbe il regno dei topi.»

«Allora lascio fare a te. Non riuscirei mai a toccare le carte del professore.»

Emma capì bene la riluttanza di Angela. Lei stessa, quando cominciò a far ordine, ebbe l'impressione di compiere una profanazione. E il disagio crebbe nei due giorni seguenti, via via che leggeva, catalogava, radunava, cestinava. Vi erano conti di ristorante e note per romanzi mai scritti, vecchie fatture saldate e lettere mai spedite, appunti di viaggio e dattiloscritti di vecchi libri. Sì, era proprio come violare l'intimità di un uomo.

Ma se non l'avesse fatto lei, un giorno qualcuno avrebbe buttato tutta quella roba, rosa e muffita, in un contenitore di rifiuti. I figli di Fabio. O i suoi nipoti... Il cuore le si strinse in una fitta di tristezza: il futuro di Fabio era morto con Sulu, e suo zio se n'era andato portando con sé l'illusione di poterlo salvare.

Emma saprà cosa fare... L'ermetico messaggio di Sorgi le apparve d'un tratto di una chiarezza folgorante: si riferiva ai tre capitoli del libro che avevano scritto insieme. Aveva voluto che fosse lei, e solo lei, a decidere se farli leggere al nipote oppure buttarli via.

Emma saprà cosa fare. Da dove gli veniva quella certezza? Come aveva potuto investirla di una responsabilità tanto grave? *Io non so affatto che cosa fare*, pensò con ira, mentre lui sapeva bene che consideravo impietoso il suo romanzo e tremavo all'idea che suo nipote lo leggesse. Non ho cambiato idea. Porterò quei capitoli a casa mia e li conserverò gelosamente come ricordo di Sorgi.

Non è questo che lui si aspettava da te. E allora doveva dirmelo: avrei comunque rispettato la sua volontà. *Tu, però, questa volontà la conosci*. Basta. Basta. Doveva uscire da quello studio, muoversi. Presa da una irrequietezza insopportabile, raggiunse Angela in cucina e la avvertì che usciva per fare due passi.

Scese sulla spiaggia deserta e rabbrividì. L'inverno non era ancora cominciato, e già era stanca di freddo, vento, umidità, cielo grigio. Presto sarà Natale, pensò cominciando a camminare. Era passato quasi un anno dall'incidente che aveva cambiato la sua vita. Era incredibile che in pochi mesi fossero accadute tante cose.

Le ho provocate io, perché sono diventata un'altra persona, oppure sono stati gli incontri e gli eventi di questi mesi a cambiarmi? Sorgi avrebbe sicuramente saputo darle la risposta. Mi manca, pensò col cuore stretto. *Emma saprà cosa fare*. La folgorante certezza di poco prima vacillò: adesso non era più sicura che si riferisse al libro. O *solo* al libro.

Mi voleva bene, pensò. Sapeva tutto di me, anche dell'amore per suo nipote, e capiva la mia confusione, le mie insicurezze, le mie paure. Con quel suo ultimo messaggio, ha voluto rassicurarmi, dirmi "ti stimo, ce la farai, troverai da sola la verità".

Quello stesso *saprà* era una rassicurazione implicita: non aveva usato il verbo al presente, dando perentoriamente per scontato che tutto le fosse già chiaro, ma le aveva concesso del tempo. *Saprà*: il futuro era indeterminato, poteva essere domani o tra un anno.

L'irrequietezza che l'aveva spinta a uscire di corsa sparì. Doveva rientrare, finire di fare ordine nello studio e poi ritornare a Milano. La sua vita era lì, e non in quel borgo che ormai aveva imparato ad amare. E non poteva indugiare oltre in quel solido e protetto rifugio che le appariva la casa di Sorgi.

Lentamente tornò sui suoi passi. Ebbe un nuovo brivido di freddo. Il vento continuava a soffiare e improvvisamente aveva cominciato a piovere. Un uomo richiamò il suo cane che correva avanti e indietro sulla spiaggia. Emma accelerò il passo e affondò il viso nel cappuccio della felpa. Si stava bagnando tutta.

«Sei una pazza. Copriti.» Fabio. Udì la sua voce prima di vederlo. Era davanti a lei e le tendeva un impermeabile. Le gambe di Emma tremarono. «Quando sei arrivato?» balbettò.

«Dieci minuti fa. Copriti» ripeté. La aiutò a infilare l'impermeabile e le circondò le spalle. «Solo una pazza può passeggiare in tuta con questo tempaccio.»

«Non ho freddo.» Era vero. Una sensazione di calore si era irradiata per tutto il suo corpo. Se si stacca da me, muoio, Emma pensò con struggimento.

Ma Fabio non lo fece. Le parve, anzi, che la tenesse ancora più stretta. D'un tratto si fermò e la lasciò andare. «Non ho fatto che pensare a te» disse con voce rassegnata.

Emma trattenne il fiato e alzò lo sguardo su di lui. *Non voglio che tu soffra ancora, dimmi che cosa debbo fare.*

Fabio se la strinse contro con un gemito simile a un singhiozzo e lei restò immobile con la testa sulla sua spalla per un tempo interminabile, pervasa da una profonda tristezza. Mi ama, pensò desolata, ma è un sentimento senza gioia, senza speranza. *E non è questo che voglio.*

Cautamente, dolcemente, si sottrasse alle sue braccia. «Torniamo a casa.»

«Emma, aiutami.»

«Ti sto aiutando. Nemmeno immagini quanto.»

«Senza di te sto male. Io ti...» Si interruppe spaventato.

Non riesce neppure a dirlo.

«Io ti amo, Emma.»

«Stai meglio, adesso?»

La guardò smarrito. «Non lo so... Stamattina, mentre guidavo per correre da te, ho pensato che un anno fa, proprio di questi giorni, Sulu si era accorta di aspettare il nostro secondo bambino. La mia vita era scritta. Le scelte esistenziali erano state fatte e avevo avuto tutto ciò che mi ero riproposto: la famiglia, il lavoro, il benessere... Una tragedia ha distrutto la mia famiglia, e pochi mesi dopo il suicidio di mia moglie sono qui a struggermi per te. Penso di non avere mai provato un sentimento così profondo. Sono un altro uomo, pronto a rimettermi in gioco. Ma è *mostruoso*, Emma. Questo uomo mi è estraneo, non lo riconosco, lo detesto.»

«Finiresti per detestare anche me.»

«Mai! Non è possibile!» protestò appassionatamente.

«Sei pronto per vivere con me? Per avere degli altri figli con me?»

Di nuovo quella espressione spaventata. «Ho solo bisogno di tempo.»

«Io invece sono pronta. Ho quasi ventinove anni, e ne

ho sprecati più di cinque in un matrimonio sbagliato. Adesso è arrivato il momento di fare le *mie* scelte esistenziali. So quello che voglio. Anzi, quello che merito.»

«Oh, sì. Sei una donna eccezionale.»

«Forse no. Però ho finalmente imparato a volermi bene.» Pensò con gratitudine ad Al Danton: era stato lui a insegnarglielo. Per quanto amasse Fabio, non si voleva abbastanza male per condannarsi a vivere con un uomo tormentato, colpevolizzato, spezzato a metà.

«Dammi tempo» Fabio la supplicò.

«Non posso.» Era straziata per quella decisione, ma *non poteva* votare la sua esistenza a un uomo che aveva perduto la capacità di essere felice come si perde una gamba, un braccio.

Ebbe un nuovo brivido di freddo. Aveva i capelli fradici di pioggia e rivoli gelidi le scendevano sul viso. Fabio se ne accorse. «Andiamo a casa» disse. Risalirono dalla spiaggia senza dire nulla, l'uno accanto all'altra ma distaccati.

Angela li accolse preoccupata. «Corri a fare una doccia calda e cambiati!» disse a Emma. «E anche tu, Fabio, metti qualcosa di asciutto.»

Mezz'ora dopo andarono a tavola. Parlò solo Angela, apparentemente incurante del loro silenzio e dei loro volti scuri. E quando raccontò a Fabio ciò che avevano fatto in quei giorni e quale prezioso aiuto lei le avesse dato, Emma ne approfittò per spezzare un silenzio sempre più imbarazzante.

«Sto finendo di riordinare lo studio di tuo zio. Ho radunato e archiviato le sue carte e i suoi scritti, ma ci sono anche molte cose che mi sembra inutile conservare. Le ho messe da parte perché, prima di buttarle, mi sembrava giusto che le vedessi anche tu.»

«È stato un lavoraccio» commentò Angela.

«Ma sicuramente un ottimo lavoro» Fabio sorrise.

Sorrise anche Emma. «Ho trovato anche una ventina di racconti inediti scritti una ventina d'anni fa. Secondo me l'editore li pubblicherebbe molto volentieri.»

«E il romanzo che stava scrivendo con te? A che punto eravate arrivati?»

«C'è stato appena il tempo di buttare giù qualche appunto» Emma rispose in fretta. «Qualche cartella che ho scritto io, a mano, e non vale davvero la pena conservare.»

«Mi piacerebbe lo stesso leggerle.»

«Credo di averle buttate. Anzi, sono sicura di averlo fatto» Emma mentì.

«Mi dispiace.»

«Puoi leggere altre cose molto più interessanti: bozze di romanzi, appunti di viaggio, la stesura del primo libro che pubblicò, con le correzioni originali.»

«Potrai farlo anche domani, con calma» intervenne Angela.

Emma rivolse un'occhiata a Fabio. «Immagino che nel pomeriggio tu voglia tornare a Milano.»

Angela rispose prima di lui. «Ripartire oggi? Tutto questo viaggio per stare qui poche ore?»

«Hai ragione, Angela. Sono venuto qui per passare il fine settimana, e ripartirò domenica sera.»

XVII

Emma si svegliò alle sette e andò ad aprire la finestra. Il cielo era azzurro e si preannunciava una splendida giornata di sole. Respirò a fondo e ruotò lentamente la testa cercando di sciogliere la tensione che le irrigidiva il collo e le spalle. Una camminata sulla spiaggia le avrebbe fatto sicuramente bene, ma scartò subito l'idea: non poteva correre il rischio che Fabio la raggiungesse costringendola per una seconda volta ad affrontare un discorso insopportabilmente doloroso.

Ma Fabio dormì fino a tardi. Comparve in cucina alle undici, ancora in pigiama, e fermò Angela che aveva cominciato a preparare il pasto del mezzogiorno. «Lascia stare. Vi porto in una bella trattoria sulla collina» disse.

«Perché non andate voi due? Io ho un mucchio di cose da fare.»

«Non se ne parla nemmeno. Non è vero, Emma?»

«Verissimo. Siamo qui per stare con te, Angela» rispose con sollievo.

Ma il suo sollievo crebbe quando si rese conto che Fabio era deciso quanto lei a non riaprire più il doloroso discorso. Arrivati nella trattoria sulla collina, la presentò al padrone come una cara amica sua e dello zio ed Emma ricordò di averlo visto al funerale di Sorgi.

L'uomo aveva apparecchiato un tavolo sotto al portico, e Fabio si sedette davanti a lei e ad Angela. Conversò amabilmente con entrambe. Nell'espressione del suo viso e nel modo di rivolgersi a loro non vi era traccia di quel distacco ostentato e di quella sottile animosità tipici dell'innamorato respinto. Era evidente che aveva condiviso la sua decisione. E proprio per questo non intendeva troncare puntigliosamente ogni rapporto con lei.

Se le fosse capitato di rivederlo, per strada o nell'ufficio di Anna o durante una visita ad Angela nella casa di Varigotti, avrebbero potuto salutarsi o stare insieme senza alcun disagio, Emma si disse. Del tutto rilassata, mangiò con appetito i piatti che via via il padrone portava a tavola.

Alla fine del pranzo, mentre aspettavano una fetta di torta, Fabio affrontò con Angela il discorso dell'eredità. Tre anni prima Albino Sorgi aveva depositato un testamento olografo da un notaio amico, disponendo per Angela un lascito in danaro e la possibilità di usufruire liberamente delle case di Milano e di Varigotti. A Fabio andavano la nuda proprietà di quelle case e i suoi diritti d'autore, mentre il resto del danaro, investito in titoli e azioni, sarebbe andato a padre Salvo, un missionario che Sorgi aveva conosciuto durante un viaggio in Nigeria e col quale si era sempre mantenuto in contatto.

Le proteste di Angela caddero nel vuoto. «Investirò per te i soldi che ti ha lasciato lo zio» disse Fabio, «e se non hai bisogno della casa di Milano la affitterai.»

Intervenne Emma: «Per trent'anni hai avuto un sacro rispetto della volontà del professore: vorresti andargli contro proprio adesso che non c'è più?».

«E va bene» Angela disse, vinta. Si rivolse a Fabio: «Tanto io non ho parenti, e un giorno tutto ritornerà a te».

Scesi dalla collina, andarono a fare una passeggiata a piedi sul lungomare di Alassio. Nelle vetrine dei negozi erano già comparsi i primi addobbi e le prime luminarie di Natale. Emma si rattristò pensando ad Angela sola a Varigotti. Ma non poteva lasciare sola neppure Anna: negli ultimi due mesi si erano viste appena, e da quando lei si era trasferita a Varigotti i loro rapporti si erano ridotti a qualche sporadica telefonata.

Anna non si era mai lamentata e men che meno l'aveva fatta sentire in colpa: chiaramente voleva farle capire che vivere insieme non significava dover limitare la reciproca libertà, ma Emma si sentiva in colpa lo stesso. E si accorse che la sorella le mancava e desiderava rivederla.

«Domani finirò di mettere in ordine lo studio e lunedì tornerò a casa» Emma disse ad Angela. «Ma verrò presto a trovarti.»

«Posso fermarmi anch'io fino a lunedì e darti un passaggio» propose Fabio con naturalezza.

Emma, con altrettanta naturalezza, accettò. «Se per te non è un problema fermarti, mi fai un grande piacere. Oltre alla sacca dei vestiti, devo riportare a Milano il computer, il registratore, i libri che avevo preso con me.»

«Nessun problema.»

Anche la domenica si preannunciò come una scintillante giornata di sole. Ormai del tutto rilassata, Emma infilò la tuta e scese in spiaggia. Camminò a passo sostenuto per mezz'ora, fece i soliti esercizi di ginnastica e poi tornò verso casa.

Sei delusa, confessalo. Ti aspettavi che Fabio ti raggiungesse e invece non l'ha fatto. Emma si rifiutò di rispondere. Detestava quella parte di sé che tentava di emergere e di sopraffarla con accuse strampalate e insinuazioni assurde.

Mi detesti perché ti inchiodo alla verità invece di lasciarti scappare. Mentre sfoderavi la tua dialettica per allontanare Fabio da te, speravi con tutta te stessa di non riuscire a convincerlo.

Questa era davvero una meschinità: era umiliante il solo raccoglierla.

Fabio era in cucina e stava facendo colazione. Come

la vide entrare, Angela apparecchiò anche per lei e le indicò un cestino di biscotti in mezzo al tavolo. «Sono frollini appena sfornati, assaggiali.»

«Ma a che ora ti sei alzata? Devi riposare, Angela.»

«Domani partirete e avrò tutto il tempo per farlo.»

«Non illuderti di liberarti di noi» Fabio la minacciò.

Quel plurale fece arrossire di piacere Emma. *E va bene, lo amo*, prevenne la detestabile voce. Non voglio vivere con lui, ma questo non significa che non debba vederlo mai più.

Alle undici Fabio la raggiunse nello studio ed Emma gli mostrò il lavoro di cernita e di archiviazione che aveva fatto pregandolo di dare un'occhiata anche a ciò che secondo lei era da buttare.

«Mio zio è stata la persona più importante della mia vita» Fabio confessò con commozione.

Più importante di Sulu? «Non mi hai mai parlato di tuo padre» Emma disse in fretta. «Scusami, forse non dovevo...»

«Non è certamente un tabù. Mio padre entrò in politica dopo la morte di mia madre. Io avevo dieci anni e mi portò a Roma con sé. Credo che non si sia risposato per paura di crearmi dei problemi o di togliermi qualcosa. La sua immagine pubblica di uomo rigoroso e integerrimo risponde a quello che è realmente. Da mio padre ho imparato la lealtà, il dovere, il sacrificio... Ma io ero diverso, *sono* diverso da lui. Me ne accorsi a quindici anni. Ero tra i primi della classe, lo rispettavo, mi comportavo bene, ma tutto questo non mi sembrava inconciliabile con lo sport, la musica, le amicizie, il cinema.»

«Certamente no!»

Fabio sospirò. «Il limite di mio padre è nella sua stessa natura. Fa da venticinque anni sempre la stessa vita, e non ha altri desideri, aspirazioni o interessi all'infuori del sentirsi a posto con la propria coscienza di uomo perbene. Lo rispettavo troppo per entrare in conflitto con lui. Ma se a quindici anni non avessi incontrato lo zio Albino, l'adolescente frustrato e represso che ero sarebbe diventato un uomo fallito. Fu Sorgi a comperarmi la prima macchina, a convincermi a fare l'università a Milano, a portarmi con sé nei suoi viaggi, a mettermi sulla prima auto da corsa.»

«E tuo padre?»

«Per mio padre Albino Sorgi era una specie di demonio. Ma da quell'uomo sanguigno, testardo, folle, geniale e sempre sopra le righe ho imparato che il solo modo per essere felici, o quello che più si avvicina alla felicità, è avere il coraggio di fare le scelte che ci assomigliano.»

Perché tuo zio non amava Sulu? Coraggio, chiediglielo. Il desiderio di sapere era talmente forte che Fabio parve captarlo.

Dopo una breve pausa, aggiunse: «Quando decidemmo di sposarci, Sulu volle una cerimonia intima, solo per noi due. Credo che lo zio non glielo perdonò mai. Tre mesi dopo venne a trovarci in Provenza: forse perché era prevenuto, forse perché Sulu aveva le nausee e la stanchezza della gravidanza, non riuscirono a piacersi. Mia moglie, addirittura, lo detestò a prima vista. E quando io mi imposi per invitarlo al battesimo del piccolo, quasi non gli rivolse la parola. Alla fine non sopportava neppure che di tanto in tanto andassi a fargli visita da solo. Il mio rammarico è proprio questo, essere mancato allo zio proprio negli ultimi anni, quando avrebbe avuto maggiormente bisogno di sentirmi vicino.»

«E con tuo padre? Sulu aveva un rapporto...»

«Sulu pensava che la famiglia fossimo io, lei e i figli che avremmo avuto.»

«E nessun altro?»

«Nessun altro.» Fece per aggiungere qualcosa, ma ci ripensò.

Emma era talmente turbata che non le riuscì nemmeno di nasconderlo. Le parve di riudire la voce di Sorgi mentre le dettava il terribile romanzo mai finito e la costringeva a guardare la faccia buia della vita.

Quando Angela entrò per dire che era pronto in tavola li trovò silenziosi e assorti. Dopo pranzo Emma e Fabio tornarono nello studio per sistemare le ultime cose e quando finalmente ebbero finito aiutarono Angela a spolverare i mobili, pulire i vetri e lavare il pavimento.

Sembrava un'altra stanza, adesso. Erano troppo stanchi per uscire e trascorsero il resto del pomeriggio in soggiorno, leggendo, chiacchierando e guardando la televisione. In realtà ciascuno inseguiva il filo dei propri pensieri, ma con la consapevolezza di non essere solo. Dopo cena Emma andò a preparare la sua roba e dopo una breve esitazione infilò nella sacca le cartelle del romanzo.

Al mattino seguente ripartì con Fabio per Milano. Fu un viaggio tranquillo, durante il quale parlarono soprattutto di lavoro. Sapendo che l'erede dei diritti di Sorgi era il nipote, l'agente si era messo in contatto con lui preannunciandogli che la casa editrice aveva deciso di riunire i primi tre romanzi dello scrittore scomparso in un volume speciale.

Fabio lo riferì ad Emma e le disse di aver parlato all'agente dei racconti inediti lasciati dallo zio. Sua intenzione era farli pubblicare e devolvere il ricavato in beneficenza.

Emma gli parlò a sua volta del desiderio di impegnarsi sempre di più col lavoro. Preferiva una collaborazione libera, ma meno saltuaria di quanto fosse stata sino a due mesi prima. Gli raccontò dell'incontro con Al Danton e di quanto importante fosse stata l'esperienza professionale e umana fatta con lui. Proprio il successo di quell'incontro aveva convinto l'editore a proporle di assistere Sorgi. E per quanto breve fosse stato il tempo trascorso insieme, ne avrebbe conservato il ricordo per tutta la vita.

Arrivarono a Milano poco prima delle undici. Fabio la aiutò a portare in casa la sua roba e si accomiatò da lei con un amichevole abbraccio, assicurando che si sarebbe fatto vivo al più presto.

Nei giorni seguenti Emma fu convocata dal direttore editoriale in persona affinché riferisse anche a lui della sua collaborazione con Albino Sorgi: qual era il contenuto del romanzo? Avevano scritto qualcosa? Era possibile utilizzare qualche capitolo o almeno la trama per inserirla nel volume speciale?

Emma ribadì tutto ciò che aveva già detto: purtroppo lo scrittore stava poco bene e non le aveva potuto dettare nulla. La loro collaborazione si era limitata a qualche discorso generico su un progetto di libro ancora abbozzato. Però, concluse, lo aveva conosciuto abbastanza per scrivere la prefazione con un profilo di Sorgi.

Il direttore editoriale le rispose con franchezza che per ragioni di immagini e di vendita intendeva affidare quell'incarico a un personaggio noto, di prestigio. La ringraziava comunque per la disponibilità: e quanto prima, le disse congedandola, sarebbe stata richiamata per un nuovo lavoro.

Emma non era più abituata a restarsene in ozio per tutta la giornata. Per trascorrere il tempo, si fece portare dal fiorista sotto casa un abete e lo decorò; adornò la casa con gli arredi natalizi e fece il presepe sulla cassapanca dell'ingresso tirando fuori le vecchie statuine.

«Dovresti darti da fare per trovare un posto fisso» le suggerì Anna una sera, preoccupata per la sua irrequietezza.

«E credi che lo troverei? Ci sono più traduttori in attesa che libri da tradurre.»

«Non esistono solo case editrici, ma anche strutture alberghiere, agenzie di stampa, aziende...»

«Non assumerebbero certamente una quasi trentenne

senza esperienza come me» Emma la interruppe spazientita. «La sola cosa che posso concretamente sperare è che non passino dei mesi prima di avere un altro libro da tradurre.»

Ma il 21 dicembre Babbo Natale portò ad Emma una strenna grandiosa: Al Danton la chiamò da New York per preannunciarle il suo arrivo a Milano dopo le vacanze di fine anno. Il gruppo editoriale per cui lavorava aveva rilevato una piccola ma ben avviata agenzia stampa affidando a lui il compito di programmarne e ampliarne il settore giornalistico.

Danton prevedeva di restare in Italia almeno un paio di mesi e le chiese se per quel periodo era disposta a lavorare a tempo pieno per lui. Emma accettò con entusiasmo.

Si sentiva talmente caricata e ben disposta che acconsentì persino a trascorrere la sera della vigilia a casa del socio di sua sorella. Anna le spiegò che il matrimonio dell'amico era in crisi e che lui stesso l'aveva supplicata di evitargli una serata a quattr'occhi con una donna che non sopportava più.

Alle otto, proprio mentre stavano uscendo per recarsi a casa loro, arrivò una telefonata: era Fabio. Si trovava a Varigotti con Angela e voleva farle gli auguri di buon Natale. Le passò anche lei. «Ci manchi» Angela disse.

Il calore di quella telefonata consentì a Emma di non lasciarsi sopraffare dalla tensione e dalla malinconia di quella cena. La padrona di casa, Paola, non aveva fatto neppure lo sforzo di cucinare: tutti i piatti avevano l'inconfondibile untuosità e secchezza dei cibi comperati in rosticceria e messi a scaldare nel forno a microonde.

A un certo punto, con una totale mancanza di tatto, Paola le chiese notizie di Alberto e ricordò i tempi in cui aveva avuto una relazione con lui. Solo in quel momento Emma realizzò che il suo ex marito non si era curato neppure di farle una telefonata di auguri.

Quella telefonata arrivò, inaspettatamente, la mattina del 31 dicembre. Alberto era in autostrada e stava venendo a Milano per parlare con lei: dove potevano vedersi?

Emma gli disse di raggiungerla pure a casa. All'obiezione di Alberto ("vorrei parlarti da solo") replicò che sua sorella era in studio per terminare un lavoro. Aspettò il suo arrivo chiedendosi che cosa mai dovesse dirle di tanto urgente, e proprio l'ultimo giorno dell'anno.

Quella era sempre stata per lui una ricorrenza di festa obbligatoria e già ai primi di dicembre la coinvolgeva coi suoi infantili interrogativi: che cosa facciamo? Dove prenotiamo? Organizziamo il cenone a casa nostra o ci aggreghiamo a qualcuno? E se facessimo un viaggio?

Quello strazio apparteneva al passato, Emma pensò con sollievo. Ma rimaneva la curiosità per quella visita simile a una irruzione, e proprio quando Alberto avrebbe dovuto essere nel pieno dei preparativi per la grande notte.

Un'ora più tardi suo marito arrivò e, dopo un frettoloso rituale di convenevoli ("ti trovo benissimo", "scusa se non mi sono fatto vivo prima") entrò direttamente nel cuore del discorso: Viola aspettava un figlio.

«Viola?»

«La mia collega. Quella che hai conosciuto anche tu. Non prevedevo un rapporto tanto impegnativo, ma sai com'è. Ero solo, avvilito per la nostra separazione e mi ci sono trovato dentro fino al collo.»

È un imbecille, Emma pensò esterrefatta. Notò che era ingrassato e si era fatto crescere i capelli.

«Sto parlando con te. Viola è una brava ragazza, piena di scrupoli… Insomma, vorrebbe abortire.»

Ma che brava ragazza. «E io che c'entro?» chiese brusca.

«Dovresti farle una telefonata per rassicurarla, spiegandole che il nostro matrimonio era finito molto prima che io la conoscessi e che tu sei *felicissima* della sua gravidanza perché abbiamo mantenuto un rapporto di grande affetto.»

«Vattene via» Emma sibilò. «Subito.» Poiché lui la fissava stupito, e senza muoversi, lo afferrò per un braccio e lo trascinò verso la porta.

«Emma, davvero non capisco questa tua...»

«Te ne vuoi andare?» urlò.

«Non finisce qui» Alberto disse ridicolmente davanti alla porta. Emma gliela sbatté in faccia.

Ho vissuto sei anni con un imbecille. L'umiliazione e la rabbia le tolsero il respiro. *Calmati. E ringrazia Dio per non avere avuto un figlio da lui*. Scoppiò in lacrime.

XVIII

Quando Anna tornò a casa, alle cinque del pomeriggio, trovò la sorella a letto e decisa a restarvi. Dopo molte insistenze riuscì a strapparle un succinto resoconto della visita di Alberto e ne fu nauseata. Le prime impressioni, avrebbe dovuto ricordarlo, non ingannano mai. Ma si guardò bene dall'affliggere la sorella con le sue amare considerazioni.

«Finalmente ti sei liberata di lui» le disse sbrigativa «e questo mi sembra il solo *lieto evento* di tutta la vicenda. Vuoi metterti in lutto per un coglione?»

«Voglio soltanto starmene a letto.»

«Alzati e pensa a cercare un bel vestito da mettere: ti ho preparato una sorpresa.»

«Per oggi ne ho avute abbastanza. Ho mal di schiena e voglio dormire.»

Anna si impose di stare calma e si sedette sul bordo del letto. «Vuoi ragionare? Non è successo *niente* che possa cambiare la tua vita o la pessima opinione che già avevi di Alberto. Hai sprecato sei anni con lui, d'accordo: ma è un motivo in più per dare in gran fretta un taglio al passato.»

«Sto male e in questo momento *voglio* stare male.»

«Per un imbecille?»

«Anna, chiudi la porta e lasciami sola.»

«E va bene» sospirò. «Se hai bisogno di me, sono in...»

«Non ho bisogno di niente. Se devi uscire, fallo pure.»

«Vuoi che ti lasci da sola, in queste condizioni? Adesso vado a telefonare che...»

«Smettila di starmi addosso! Smettila di preoccuparti per me!» Emma gridò.

Tre ore dopo udì chiudere la porta di casa. Finalmente si era decisa a uscire. Le dispiacque averla aggredita a quel modo, ma non sopportava davvero più i sensi di colpa e di inadeguatezza che l'ansiosa iperprotettività della sorella le causava. Non era più una bambina e non aveva bisogno di una madre chioccia.

Hai trasferito su Anna il risentimento per Alberto e l'umiliazione per la fine indecente della vostra storia. Ti fa sentire meglio?

No. Mi fa sentire ancora peggio perché è vile, è ingiusto. Anna mi sta addosso perché nella mia vita ho combinato solamente disastri.

Piantala di autoflagellarti, adesso. Un anno fa eri in ospedale con le gambe paralizzate e sei riuscita a rimetterti in piedi. Ricordi quel momento?

Ricordo che pensai: come ho fatto a non capire prima quale privilegio sia poter camminare, muoversi? Non devo dimenticarlo più. Tra poco comincia un anno nuovo e qualcosa di buono è già successo: Alberto è sparito e incontrerò un altro uomo. Adesso mi tocca la mia parte di cose buone.

Stai pensando a Fabio? Assolutamente no.

Non ti telefona da una settimana. Non ti ha chiamato nemmeno per farti gli auguri di buon anno. Al diavolo.

Con uno scatto Emma scese dal letto. *E la schiena? Non ti fa più male?* Miracolo, mi è passato, si irrise dirigendosi verso la cucina.

Aprì il frigorifero e subito lo richiuse. Non aveva fame. *La notte è lunga e non hai sonno.* Farò una doccia, decise. Tolse la camicia e si infilò sotto il getto dell'acqua tiepida. Avvolta nell'accappatoio tornò nella stanza per prendere una camicia pulita, ma quasi meccanicamente allungò una mano verso la tuta ripiegata nel cassetto.

Che cosa hai in mente di fare? Qualunque cosa. Ho bisogno di rilassarmi. Strinse i capelli bagnati in un elastico e tornò in cucina guardandosi attorno.

Emma, non fare la pazza. Non osare nemmeno... Non ti ascolto, non ti ascolto, non ti ascolto, canticchiò dirigendosi verso il ripostiglio per prendere la scala. La allargò davanti agli armadietti della cucina: da quanti mesi nessuno puliva lassù?

Emma, stanno suonando alla porta. Non mi imbrogli, non mi imbrogli, non mi imbrogli. Era arrivata al quarto piolo quando la voce urlò: *Sei sorda? Non senti il campanello? Vuoi che sfondino la porta?*

Emma si arrestò a mezza scala e tese l'orecchio. Era vero. Stavano suonando. Scese dalla scala (*Piano! Stai attenta!*) e si diresse verso la porta. Adesso il suono non era più intermittente: qualcuno si era attaccato al campanello e, se non si fosse affrettata ad aprire, avrebbe davvero abbattuto la porta.

«Mi hai fatto venire un colpo... Stavo chiamando il pronto intervento.» Fabio: una bottiglia di champagne sotto a un braccio e la faccia troppo spaventata perché vi si scorgesse il sollievo di quegli ultimi istanti.

Emma scoppiò a ridere. «Scusami, ma sei così buffo...»

«Sei una pazza» chiuse la porta.

«Qualcun altro me l'ha appena detto.»

Lo vide esitare. «Non sei sola?»

«Sola con me stessa. Ma tu che cosa fai qui? Aspetta, vuoi vedere che indovino? Ti ha mandato Anna, che era *molto preoccupata per me.*»

Fabio non raccolse il sarcasmo. «Angela aveva preparato una piccola cena per te e tua sorella, a casa mia. *Piccola* per modo di dire, perché è da stamattina che cucina. Ma Anna è arrivata da sola.»

«Come potevo immaginarlo? Mi dispiace...»

«Non importa. Angela resterà da me fino all'Epifania e avrai tutto il tempo per salutarla.»

«Mi dispiace.» *L'hai già detto, cambia disco.*

Fabio le tese la bottiglia. «Mettila in frigorifero. È per il brindisi di mezzanotte.»

«Sei venuto per restare con me?» *No, è il garzone della drogheria che aspetta la mancia per andarsene.*

Fabio: «Che domanda è?». Emma arrossì e si diresse verso la cucina. Fabio la seguì e come vide la scala aperta la fissò quasi inorridito. «Che diavolo stavi facendo?»

«Volevo dare una pulita agli armadietti.» La chiuse in gran fretta e la riportò nel ripostiglio.

Fabio spostò una sedia e si sedette. «Anna mi ha detto quello che è successo. Diversamente da lei, capisco molto bene la tua reazione.»

Anche Emma si sedette, di fronte a lui. «Io e Alberto eravamo ormai separati. Non mi doveva più nulla. Tra noi non c'era più nulla...» Si fermò qualche istante per cercare le parole giuste.

«Per anni ho desiderato avere un figlio, ma lui ha sempre opposto un rifiuto. Nonostante questo, non mi sono sentita né ferita né umiliata quando mi ha detto che la sua nuova compagna, una ragazza che conosce da pochi mesi, aspetta un bambino. Il vero colpo basso, quello che mi ha sconvolto, è stato scoprire la sua vera natura di uomo mediocre, inesistente... Per tutto il tempo del nostro matrimonio avevo ricacciato questo sospetto... E Alberto *collaborava*. Si sforzava di essere all'altezza dei sentimenti, dei pensieri, delle qualità che inventavo per lui. Stamattina ha smesso di farlo. Mi vergogno persino a riferirti i particolari...»

«Non piangere, Emma. Non dire più niente, se devi stare così male.»

Lei scosse la testa. «Mi fa bene parlarne con te. Ogni matrimonio che finisce è una sconfitta, ma cerchi mille spiegazioni per renderla meno bruciante: eravamo diversi, l'amore non dura in eterno, rimangono l'amicizia e i ricordi… A me non è rimasto niente da salvare. Non c'è mai stato niente, se non una recita replicata per anni… E odio Alberto solo perché non si è attenuto al copione per un'altra mezz'ora. La sua mediocrità mi è rimasta addosso insieme alla umiliazione di una sconfitta totale…» Il pianto le incrinò la voce.

Fabio fece per alzarsi e correrle accanto, ma Emma lo trattenne. «Non voglio essere consolata.»

«Che cosa vuoi allora? Fustigarti in eterno? Ucciderti?»

Sulu. Emma sentì il cuore spostarsi da una parte all'altra del petto. *Di' qualcosa prima che pensi alla moglie suicida.*

«Temo di non avere niente per prepararti una cena decente.»

«Brava. Adesso ti riconosco» Fabio approvò.

Emma sollevò lo sguardo su di lui, incredula, e lo vide sorridere. Non aveva pensato a Sulu. Quell'*ucciderti*, pesante come un sasso, era ricaduto lasciandoli incolumi.

«Forse c'è una zuppa di pesce precotta nel freezer.» Sorrise anche Emma.

«Come hai fatto a sapere che è il mio piatto preferito?»

È troppo bello, non posso crederci, Emma pensò aprendo lo sportello. Ricacciò una nuova ondata di lacrime, stavolta di gioia e si girò verso di lui. «Se vai pazzo anche per un antipasto alla contadina, rigorosamente in busta, sei davvero fortunato.»

Fabio con un balzo le fu accanto ed Emma si sentì

quasi stritolare dalle sue braccia. «Ti amo, ti amo, ti amo» le disse con voce felice. La lasciò andare, quasi spaventato da quello che provava per lei.

Era spaventata anche Emma. «Ti preparo la cena» sussurrò.

«E io intanto apparecchio la tavola.»

«La tovaglia è nel cassettone del soggiorno. Vieni.» Fabio la seguì.

Quando Emma si sollevò dal mobile tendendogli la tovaglia, allungò le braccia e la strinse di nuovo a sé. «Non posso...» ansimò.

Un colpo al cuore. «Non puoi che cosa?»

Le prese il viso tra le mani e la guardò. «Aspettare. Voglio vivere con te, avere un figlio con te. E fare l'amore con te, subito. Lo vuoi anche tu?»

Ricordando in seguito quel momento, Emma era *certa* di aver esitato solo pochi istanti prima di annuire e di decidere con tutta se stessa che sì, era quello che anche lei voleva. E le sembrava impossibile che in quei pochi istanti fosse riuscita a ricordare, esitare, tremare, calcolare, riflettere. Eppure tutto questo era avvenuto, come se il tempo si fosse fermato o miracolosamente dilatato.

Lui la stava guardando come aveva guardato Sulu, il volto trasformato in una maschera adorante e lei si era chiesta: la amava anche come aveva amato Sulu? Era davvero pronto per ricominciare un'altra vita? E se dopo aver fatto l'amore nel suo sguardo fosse nuovamente comparsa la luce triste e colpevole che l'aveva ferita a morte? Qualunque sofferenza mi aspetti, aveva concluso, non sarà mai come quella che proverei adesso se lo respingessi. E il tempo aveva ricominciato a muoversi.

Emma lo prese per mano e lo condusse nella sua stanza. Fabio la depose sul letto e le sfilò la tuta con le mani tremanti. Poi quelle mani esplorarono tutto il suo corpo in una carezza senza fine. Quando entrò in lei Emma si aggrappò alle sue spalle chiedendosi se di felicità si poteva morire.

Fabio non stava facendo l'amore. Il suo desiderio, inestinguibile, era la smania di unirsi a lei per rinascere con lei. Voleva possederla e si stava donando. E quando questa fusione avvenne, si sollevò e le baciò il viso. Nel suo sguardo c'era soltanto una gioia stupefatta, estatica.

Dalla strada arrivarono all'improvviso grida festose, spari di mortaretti, suoni di clacson. Fabio la prese per una mano. «È mezzanotte. Alziamoci, dobbiamo brindare all'anno nuovo.»

«Io ho anche fame» gli disse. E Fabio rise.

«Credo di essermi innamorato di te guardandoti mangiare» disse poco dopo, mentre Emma addentava un pezzo di formaggio in attesa che la zuppa di pesce si sciogliesse nel forno a microonde

«Diventerò una balena.»

Fabio non l'ascoltò. «No, non è vero. Mi sono innamorato di te ancora prima, quando ti ho visto cadere e rialzarti in palestra.»

«E Sulu?» Quella domanda le proruppe istintivamente, e ne fu agghiacciata. Lo guardò scuotendo la testa. «Mio Dio, Fabio, come ho potuto chiederti una...»

«Me lo sono chiesto anch'io. Non voglio ombre tra noi, è giusto che ne parliamo. Quando sono arrivato al San Cristoforo, amavo Sulu come si ama una persona che ci ha lasciati per sempre. Lei non c'era più e dentro di me sapevo che non potevo fare nulla per riportarla in vita.»

Emma annuì in silenzio. *Avanti, chiediglielo. L'ha detto anche lui che non devono più esserci ombre tra di noi.* «Fabio, puoi davvero parlare di Sulu senza stare male?» indagò cautamente.

«Che cosa vuoi chiedermi?»

«Mi hai detto di non esserti mai sentito bene come

con me... Di non aver mai amato una donna come amavi me...»

«È vero» disse con sofferenza.

«Come è possibile? Tu *adoravi* tua moglie!»

Fabio rifletté. «Sì, la adoravo. Vivevo per lei, volevo farle dimenticare l'infelicità del passato, ero spaventato per la sua fragilità e le sue paure, quando ero lontano le telefonavo continuamente con l'angoscia che potesse accaderle qualcosa. Le raccomandavo di avere cura di sé, di mangiare... Era così magra che quando facevamo l'amore avevo paura di spezzarla...»

Emma lo guardò con pena. Non era stata vita, quella. E d'un tratto ricordò Albino Sorgi e i loro scontri, e l'accusa che gli aveva rivolto di aver voluto trasformare la moglie del nipote nell'emblema del Male. Anche Sulu era una vittima: segnata dall'infelicità, aveva voluto rendere infelice il marito per sentirlo suo, unendolo alla sua stessa sorte. Morta lei, lo scrittore aveva tentato di liberare il nipote dal suo possesso.

Lo libererò col mio amore, Emma pensò. Non voglio che legga quelle pagine e che detesti sua moglie. I vivi devono vivere in pace con i loro morti.

«Ero *esausto*.» La voce di Fabio, stupita. Era come se lo scoprisse solo in quel momento.

Emma tolse dal microonde la zuppa di pesce. «Adesso basta. Mangia.»

«Non pensi che a quello, eh?» Un'ombra di sorriso.

Emma tolse dal frigorifero lo champagne. «Penso anche a bere. Non ci eravamo alzati per brindare?»

Anna tornò alle due e li trovò, l'uno accanto all'altra, sul divano del soggiorno.

Il sollievo cancellò istantaneamente dal suo viso ogni traccia di apprensione.

«Sto per portarti via tua sorella» Fabio le annunciò.

«Non potresti farmi regalo migliore.»

Il giorno di Capodanno andarono a pranzo a casa di Fabio: Angela accolse Emma con un abbraccio, complimentandosi con lei come se fosse stata una sposa. Non fece che riempirle il piatto e ripetere a Fabio quanto suo zio si fosse affezionato a Emma.

Nel pomeriggio volle condurla a vedere la casa milanese del professore: due giorni prima l'aveva ripulita e lustrata e ad Emma parve di entrare in un museo.

«Non potrei *mai* affittarla» Angela affermò delusa. «La terrò per i vostri figli.»

Emma ne fu sollevata. Trovare la casa giusta era rimasto il solo problema che lei e Fabio dovevano risolvere per poter vivere insieme e l'affermazione di Angela scoraggiava in partenza la soluzione più facile: trasferirsi nell'appartamento di Sorgi.

Stava andando tutto troppo in fretta, ed Emma aveva sempre avvertito un oscuro senso di apprensione quando le si prospettava una situazione assolutamente felice, facile, scontata. Non era *naturale*. Da qualche parte doveva nascondersi l'inganno.

La cosa che più desiderava era formare una famiglia con Fabio, ma non condivideva la sua impazienza. Voleva godere a fondo, come tutte le coppie appena riconciliate, quell'irripetibile periodo di sicurezza, di serenità e di aspettative. Avere tutto, e subito, le sembrava come una sfida, la pretesa di un privilegio che fatalmente sarebbe stata punita.

Il giorno dell'Epifania lei e Fabio riportarono Angela a Varigotti e sulla via del ritorno Emma gli confidò le sue paure. Fabio dapprima la prese in giro, accusandola di essere paranoica e superstiziosa, e poi si infuriò. Di quali "privilegi" parlava? Non le sembrava che avessero già sofferto abbastanza?

Fecero il resto del viaggio in silenzio. Sotto il portone, al momento di salutarla, Fabio le disse in tono casuale che all'indomani l'avrebbe accompagnata dal suo avvocato.

Emma cadde dalle nuvole. «E per fare che cosa?»

«L'ho incaricato di occuparsi della tua separazione. Mi sembra che l'avvocato di tuo marito se la stia prendendo con troppa calma.»

Emma non osò contraddirlo. Ma quell'iniziativa, presa senza neppure consultarla, la infastidì come una nota stonata.

XIX

Il 15 gennaio Al Danton telefonò da New York per informare Emma che all'indomani sarebbe arrivato a Milano. Lei era andata con Fabio a Ferrara per visitare una mostra, e fu Anna a rispondere. Danton la trattenne al telefono per un quarto d'ora: parlarono di Emma, di lavoro, di urbanistica. Danton le raccontò persino una barzelletta sui fusi orari. Prima di riattaccare, le disse che avrebbero dovuto assolutamente conoscersi.

Anna fu colpita dalla sua cordialità e dalla sua esuberanza e fu la prima cosa che disse quando, alla sera, riferì ad Emma di quella telefonata.

«Ha avuto quattro mogli e non è ancora in disarmo» Emma la mise scherzosamente in guardia. «Se esci più di una volta con Danton aspettati un naturale invito a letto!»

Fabio, che fino a quel momento se ne era stato zitto, la guardò con scoperta disapprovazione. «E tu vorresti lavorare con lui?»

«*Lavorerò* con lui. Al di là delle sue scherzose avance, è un bravissimo giornalista e un uomo perbene.»

«Emma, seriamente: hai riflettuto bene sull'impegno che questa collaborazione comporta? Dobbiamo cercare una casa, arredarla, organizzarci... E io vorrei averti anche un po' per me.»

Anna si schiarì la voce. «Non credo che il lavoro sia inconciliabile con...»

«Per favore, questo è un discorso serio che vorrei fare con tua sorella.»

«Scusami tanto.»

Emma aspettò che Anna uscisse. «Non sei stato molto gentile con lei.»

«Hai ragione. Le chiederò scusa.»

«Fabio, anche se avremo dei figli io intendo continuare a lavorare. È bene che lo chiariamo subito.»

«Credevo che fare la moglie e la madre per te fosse la cosa più importante» disse con voce leggera.

«E lo è. Ma questo non significa che non esista niente altro all'infuori del marito e dei figli. È ovvio che dovrei organizzarmi e che non affiderei mai un neonato, o un bambino piccolissimo, a una persona estranea. Ma i figli crescono, vanno all'asilo e poi a scuola. E comunque non credo che un lavoro autonomo e senza obbligo di orari, come il mio, sia inconciliabile con...»

«Con Danton, a quanto ho capito, dovrai lavorare a tempo pieno.»

«È una collaborazione eccezionale che durerà soltanto pochi mesi.»

«Eccezionale in che senso?»

«Nuova, stimolante, creativa, piacevole. Fabio, questo discorso comincia a non piacermi!»

«Non immaginavo che per te lavorare fosse così importante.»

«Nemmeno io. L'ho scoperto da poco e debbo al lavoro l'avere ritrovato sicurezza, autostima, voglia di ricominciare.»

«A quanto pare avevo sopravvalutato l'importanza del nostro incontro» Fabio disse amaro.

«Non sarei mai riuscita ad amarti, se fossi rimasta quella che ero.»

«Emma, ho paura di perderti. Non potrei più vivere senza di te.»

La sua voce di bambino impaurito la smontò. «Non mi perderai mai» gli disse andandogli vicino e passandogli un braccio attorno alle spalle.

La seconda discussione avvenne dieci giorni dopo, al termine di una giornata di lavoro caotica e interminabile. Danton aveva cacciato un redattore appena assunto, i nuovi computer non erano arrivati, il contratto con una agenzia tedesca era da rimettere in discussione, due fotografi erano tornati senza servizio esclusivo e, non bastasse tutto questo, si era guastato l'impianto di riscaldamento.

Emma tornò a casa alle nove di sera infreddolita ed esausta. Fabio, che la stava aspettando da un'ora e mezzo per portarla a cena, se ne stava andando: era una inaspettata variante rispetto alle solite attese con ostentata espressione mesta e paziente.

«Aspettami. Dammi dieci minuti e sono pronta per uscire.»

«Non importa.»

«Almeno fermati qui e ti preparo qualcosa.»

«Non importa» ripeté come un bambino cocciuto.

«Dov'è Anna?»

«Di là. Sta parlando con mio padre sul mio cellulare.»

Sbarrò gli occhi. «Sembra un rompicapo! Che significa?»

«Mio padre è venuto a Milano, ma non avevo voglia di vederlo. Così gli ho fatto rispondere da Anna pregandola di far finta di essere la mia segretaria. Chiaro?»

«Fabio, non vedi tuo padre da mesi! Se è a Milano, mi sembra un'ottima opportunità per conoscerlo.»

«È venuto apposta» borbottò di malavoglia. «L'altro giorno l'ho sentito. Senza volerlo gli ho detto che avevo incontrato una persona e che intendevo...»

«*Senza volerlo?*»

«Non è il mio confidente né il mio migliore amico.» Quasi risentito.

Emma gli parlò con pazienza. «Fabio, anche se non è stato il più amoroso dei padri è l'unica persona della famiglia che ti è rimasta.»

«La mia famiglia sei tu.»

Parla come Sulu. Il panico le guizzò nella bocca dello stomaco. «Per favore non tagliarlo fuori. La tua famiglia è anche lui. Mi sembra che abbia fatto il primo passo, non respingerlo.»

«Tu non lo conosci.»

«Fammelo conoscere.»

«Emma, stanne fuori» disse con voce cattiva.

Anna tornò in quel momento. E Fabio quasi la aggredì. «Quanto ci hai messo per dirgli che resterò fuori Milano tutta la settimana?»

«Trenta secondi. Ma mi sono fermata nella mia stanza a fare un paio di telefonate mie.»

Quando Fabio se ne andò, Emma non poté fare a meno di esprimere alla sorella le proprie paure. «Mi sembra diventato un'altra persona. A volte non lo riconosco.»

«Gli hai stravolto la vita.»

«Credevo di avergli dato amore, stabilità, futuro!»

«Appunto. Non ci era abituato e ha paura. Devi dargli tempo.»

«Tutto il tempo che vuole. In questo momento ho paura anch'io.»

«Non confonderlo con Alberto. Fabio è una persona degna e gli voglio un bene dell'anima.»

«Devo parlare con suo padre» Emma decise di getto. «Sai dove posso cercarlo?»

Lo incontrò il pomeriggio seguente in una suite di albergo e l'iniziale imbarazzo di Emma si trasformò via via in disagio, tristezza, distacco.

Guglielmo Volonté era esattamente come Fabio lo aveva descritto: un uomo adamantino che oltre all'algido brillare delle virtù non possedeva altro. Aveva amato il figlio perché era suo dovere, ma con una natura incapace di fantasia e vivacità, calore e comprensione.

Era impossibile fargliene una colpa, ma Emma capì finalmente perché Fabio non voleva avere rapporti stretti con lui: era come un perfetto robot con una scheda elettronica che mandava i comandi al cuore.

Quando seppe che aveva voluto vederlo, e senza avvertirlo, Fabio le espresse tutta la sua amarezza. Lei lasciò che si sfogasse. E alla fine gli disse: «Non avverrà più. Ma dovevo conoscerlo per arrivare a questa decisione».

Lo vide irrigidirsi. «Spero che sia stato gentile con te, Emma.»

«Oh, sì. Ma come dici tu, la gentilezza non è un sentimento.»

«Lo diceva lo zio Albino. È stato lui a insegnarmelo.»

L'incontro con il senatore Volonté dissolse molte delle perplessità che aveva su Fabio. Anna non sbagliava: la sua palestra affettiva erano state una figura paterna inesistente e una moglie psicologicamente disturbata. Doveva abituarsi a un rapporto *normale*. La fiducia, la sicurezza e la serenità gli facevano paura come un universo ignoto da esplorare.

Ma l'aver capito tutto questo non le rendeva più facile convivere con la sua diffidenza e i suoi improvvisi malumori.

Una sera volle presentargli Al Danton e per evitargli un incontro troppo ravvicinato con il giornalista invitò sua sorella a unirsi a loro.

Andarono a cena in un ristorante delizioso, ma Fabio

non fece alcuno sforzo per nascondere l'antipatia per Danton. E lui per nulla imbarazzato, a un certo punto cominciò a chiacchierare con Anna come se fosse una sua vecchia amica. Le loro battute e la loro allegria finirono per contagiare anche Emma.

Troppo tardi si accorse di aver escluso Fabio. Fu quando lui si alzò di scatto e disse che era stanco e se ne andava a dormire. Restassero pure, non avevano certo bisogno di lui.

E avvenne la terza discussione. Emma gli corse dietro combattuta tra sensi di colpa e irritazione. «Che cosa ti ha preso?»

«Basta un solo gallo nel pollaio.»

Emma lo raggelò. «Io e mia sorella non siamo due galline. E non permetterti più di...»

«Non sopporto di vedervi pendere dalle labbra di Danton nell'attesa di sapere quale di voi due deciderà di portarsi in albergo.»

Emma sbiancò. «Non puoi pensarlo davvero.»

«E perché no? È un uomo affascinante, non negarlo. Non dico che lo ami, ma non mi stupirei se ci fossi andata a letto. Senza impegno, tanto per passare una serata in allegria.»

Emma gli girò le spalle e fece per tornare al ristorante. Fu Fabio, adesso, a correrle dietro. «Scusami, ho perso la testa! Sono stato male per tutta la sera, Emma.»

Se ti lasci prendere dalla compassione sei perduta. Non puoi permettergli di ferirti e insultarti a questo modo. Anche io l'ho ferito, ignorandolo. È una persona insicura che vede ombre dappertutto perché ha paura di perdermi. Lo amo e non voglio che stia male.

«Aspettami. Vado a salutare mia sorella e Danton e torno a casa con te» decise d'un tratto.

Nei giorni seguenti Fabio non fece che profondersi in scuse: avevo perso davvero la testa, mi vergogno delle cose volgari che ho detto, ti giuro che non succederà mai più.

Emma seppe da Danton che Fabio gli aveva scritto due righe. Si scusava anche con lui. Ciò che il giornalista le tacque "e lei avrebbe appreso più tardi" fu l'invito a cena che Fabio gli fece pregandolo di dargli l'opportunità di riparare all'inqualificabile villania con cui si era comportato. Danton accettò: ma anche questo lo seppe in seguito.

Quel fine settimana lei e Fabio andarono a Varigotti. Camminarono sulla spiaggia, fecero una passeggiata con Angela a Finalborgo, lessero, conversarono, giocarono a carte.

Alla notte si addormentavano abbracciati. Sembrava che Fabio non riuscisse a staccarsi un solo istante dal suo corpo, ma Emma scorgeva in questo il desiderio di un uomo giovane, esuberante, innamorato. Lo desiderava con la stessa intensità, finalmente rasserenata: l'orribile crisi era passata, Fabio non le faceva più paura.

Alla fine di gennaio fu convocata dal giudice con Alberto per concordare il divorzio. Non volle che Fabio la accompagnasse: quella parte di vita era estranea alla loro storia, un passato infelice che non doveva avere alcun contatto con il futuro che li aspettava per non contaminarlo, inquinarlo.

Tutto si concluse in mezz'ora. Emma tornò in agenzia a lavorare e, quando Fabio le telefonò per sapere come era andata, impiegò qualche istante per capire che alludeva all'udienza.

«Bene. È andato tutto bene» si affrettò a rassicurarlo.

«Ti ha disturbato rivedere il tuo ex marito?»

«È stato come incontrare un vecchio vicino di casa di cui a malapena ricordi il nome.»

Fabio ridacchiò. «Forse esageri. È stato tuo marito.»

«Sono stupita anch'io. Solo poco fa ero certa che non sarei mai riuscita a scrollarmi di dosso il ricordo del fallimentare matrimonio con lui.»

«Avrai pure qualche momento buono da ricordare.»

Oddio, no, gemette tra sé. Ma la sua voce fu secca come una staffilata. «Fabio, piantala.»

«Non ho detto niente di...»

«Non ancora. Ma so dove vorresti arrivare.»

«Io no: perché non me lo dici?»

«Non credo che saprei reggere una tua nuova crisi di paranoia. Adesso ho da fare, ci sentiamo stasera» tagliò corto.

Ma non riuscì più a concentrarsi. Forse la paranoica sono io, si disse ricostruendo meticolosamente ogni parola di quella telefonata. Era naturale che Fabio le avesse chiesto che effetto le aveva fatto rivedere l'ex marito. Era solo una banalissima battuta, anche se un po' sgradevole, quella sui "buoni momenti" del loro matrimonio.

Brava, aggiusta tutto. Metti la testa nella sabbia per non vedere la verità. L'hai sempre fatto, sei una specialista.

Emma detestò più che mai quella parte di sé che "era ormai evidente" diffidava di Fabio e cercava subdolamente di allontanarla da lui.

Sto diventando schizofrenica, pensò con una fitta di allarme. Ho inventato una parte di me, come se fosse un'altra persona, per attribuirle paure e dubbi che non oso nemmeno formulare.

Quando tornò a casa, sua sorella le disse che Fabio aveva appena telefonato scusandosi di non poter venire. Emma non fece alcuno sforzo per nascondersi di esserne sollevata: l'unica cosa che desiderava era fare un bagno tiepido e andare a letto.

Quella che sembrava la tregua di poche ore si rivelò invece l'inizio di una rassicurante schiarita. Fabio ebbe l'incarico di progettare la nuova sede di un centro commerciale che sarebbe sorto dalla ristrutturazione di una storica fabbrica dismessa. Si trattava di un lavoro qualificante e ambito: anche Anna e il suo socio avevano presentato un progetto, ma quello di Fabio era stato ritenuto il più interessante perché prevedeva la conservazione e il funzionale utilizzo di gran parte della vecchia fabbrica.

Fu Anna stessa a spiegare tutto questo alla sorella, sorprendendola per la totale assenza di gelosia professionale.

«Fabio ha una marcia in più» disse con sincera ammirazione. «Anche se i problemi personali l'hanno deconcentrato dal lavoro, in tutto quello che fa c'è il tocco del talento: se un costruttore vuole un progetto innovativo, alla fine è a lui che deve rivolgersi.»

Emma non aveva mai visto Fabio attivo ed entusiasta come in quei giorni. Una mattina la portò nel suo studio e le mostrò il plastico della vecchia fabbrica illustrandole tutte le modifiche che avrebbe fatto. Ma per quanto quel progetto lo coinvolgesse, lei restava al vertice dei suoi interessi e dei suoi pensieri.

«Se ho ritrovato il piacere di lavorare» le disse una sera «è perché ho te. Sei tu, Emma, che mi hai messo le ali.»

XX

Il costruttore del centro commerciale era Carlo Arnaz, un ex muratore valdostano che a ventidue anni si era messo a lavorare in proprio, a ventotto aveva preso il diploma di geometra e a trentacinque aveva trasferito a Milano la sede e gli uffici della Edil Arnaz, una piccola ma ormai avviata impresa edilizia.

A sessant'anni, l'ex muratore era diventato un importante costruttore. Poiché lui e la moglie non erano riusciti ad avere figli avevano adottato tre fratellini cileni che adesso, raggiunta l'età adulta, lavoravano nella sua impresa. Carlo Arnaz era orgoglioso dei suoi ragazzi.

Fabio parlava di lui in termini entusiastici. Una sera, abbracciando Emma, le disse scherzosamente: «Sono davvero fortunato: in un solo anno ho conosciuto due persone straordinarie!».

Era capitato anche a lei: non soltanto aveva incontrato Fabio, ma nel volgere di pochi mesi si era ritrovata a lavorare con Al Danton e Albino Sorgi: due uomini molto diversi tra loro, ma ugualmente ricchi di umanità e di talento.

«La fortuna non c'entra» gli rispose nello stesso tono scherzoso. «È una regola quasi matematica: le persone straordinarie come noi prima o poi sicuramente fanno degli incontri straordinari.»

«Al Danton si fermerà ancora molto tempo in Italia?»

Quella domanda, senza alcun nesso col discorso che

stavano facendo, stupì Emma. «Non lo so. Ma escludo che possa ripartire prima di un paio di mesi.»

«Tua sorella esce spesso con lui.» Era un'affermazione.

«Cosa stavamo dicendo? Le persone straordinarie...»

«Non mi sembra il caso di scherzare» la interruppe. «Al Danton non è certo sentimentalmente molto affidabile.»

«*Sentimentalmente?*»

«Non penserai che un uomo come Danton frequenti una donna solo per amicizia!»

«Mia sorella è una donna simpatica e intelligente e Danton non ha amici a Milano.»

«E tu? Non sei sua amica?»

«Certamente sì. Ma io, a differenza di Anna, ho un uomo e non sono disponibile ad andare al cinema o a cena o a spasso con Al.»

«Lo dici come se fosse un sacrificio.»

«Lo dico per spiegarti perché...»

«Sei in malafede se pensi che Anna e Danton siano soltanto amici.»

Emma si spazientì. «Non capisco il senso di questo discorso. Ammesso pure che ci sia qualcosa di più dell'amicizia, è un fatto che riguarda solo loro.»

«Anna è tua sorella.»

«È una donna di trentadue anni che ha sempre avuto la testa sulle spalle.»

«Ma Danton non è un uomo qualunque.»

«Questo è indiscutibile!»

Fabio la sogguardò. «Ti sembrerà una domanda stupida: che cosa ti ha colpito di lui, quando lo hai conosciuto? Insomma, quali ti sembrano le sue qualità più eccezionali?» Sembrava sinceramente curioso.

Emma rise sollevata. «I difetti. Si potrebbe dire che "li porta" benissimo, al punto di trasformarli in doti irresistibili.»

«E cioè?»

«È cinico, egoista, miscredente, dissacratorio, privo di tabù. Ma a modo suo... Tutto questo convive con una sua filosofia di vita che non esclude affatto la generosità, gli slanci, l'interesse per le persone. A volte ho la curiosa sensazione che trabocchi talmente di vita da essere schizzato in un altro universo.»

«Sembra una dichiarazione d'amore. E mi stupisco che non ti sia innamorata di lui.»

«Impossibile. Ero già innamorata di te.»

«Implicitamente ammetti che se lo avessi conosciuto prima avresti potuto amarlo.»

Ancora? Le caddero le braccia. «Non credo. In ogni caso non è successo» tagliò corto.

«Perché *non credi*?»

«Perché è troppo diverso da me.»

«Anche il tuo ex marito lo era.»

«Ma quando l'ho conosciuto ero molto giovane: e per mia fortuna non ho la coazione a ripetere gli stessi errori.»

«Hai ammesso che Al Danton è irresistibile.»

«*Ammetti*, *hai ammesso!* Che cos'è, un processo?» Emma esplose. «Non mi sono innamorata di Danton e basta.»

«D'accordo. Ma prima di chiudere il discorso vorrei parlare del tuo lavoro. Io spero che dopo la partenza di Danton non accetterai più un altro impegno così totalizzante.»

«Sei molto occupato anche tu, in questo periodo» gli fece rimarcare.

«Sto parlando per il futuro, che auspico non remoto. Non voglio fare il maschilista, Emma, ma io sarò sempre *molto* occupato... Se lo sarai anche tu, finiremo per diventare due single in carriera che abitano sotto lo stesso tetto. Oppure due genitori latitanti.»

«Sono la prima a saperlo! Ne abbiamo già discusso, e

ti ho detto che desidero lavorare autonomamente, senza impegni di orario e scadenze assillanti.»

«Purtroppo adesso non è così. Sei talmente presa che non hai neppure il tempo di guardarti intorno per cercare la nostra casa.»

«*Siamo* presi. Non *abbiamo* il tempo» Emma puntualizzò.

«Carlo Arnaz e la moglie ci hanno invitato a passare il prossimo fine settimana nella loro casa di Courmayeur. Ci tengo molto a farti conoscere Arnaz, e spero che il lavoro non te lo impedisca.»

«Al sabato e alla domenica non lavoro mai.»

«Vorrei partire venerdì pomeriggio.»

«Va bene, lavorerò fino all'una.»

Le ultime parole famose. Il venerdì mattina Al Danton le comunicò che aveva prenotato due posti d'aereo per Monaco di Baviera: i contatti con l'agenzia tedesca erano inaspettatamente ripresi e dovevano partire subito per incontrare il direttore.

«Non posso *assolutamente* accompagnarti» Emma disse decisa.

«E io non posso *assolutamente* partire senza una persona che conosca il tedesco e le esigenze della nostra agenzia» fu l'altrettanto decisa risposta di Danton.

La mente di Emma lavorò febbrilmente. Avrebbe potuto rientrare a Milano nella tarda serata di venerdì oppure, nella peggiore delle ipotesi, prendere un aereo all'alba del sabato. Non era il caso di drammatizzare, alla fine si trattava soltanto di rinviare il fine settimana dagli Arnaz di mezza giornata. Il suo sollievo fu enorme quando Fabio stesso, contrariamente a ciò che aveva temuto, minimizzò il contrattempo. «Se arriverai domattina, verrò a prenderti all'aeroporto e da lì andremo direttamente a Courmayeur.»

«Spero di poter tornare già stasera.»

«Non metterti fretta. Rilassati. Divertiti.»

Divertiti? Sia la fretta sia la gratitudine per quella inaspettata comprensione le vietarono di obiettare che si prospettavano ore tutt'altro che rilassanti e amene. Ha voluto fare una battuta, si disse, la devo smettere di essere sempre sulle difensive.

Ma più tardi, in aereo, tornò con grande riluttanza a quel *divertiti*. Non era stata affatto una battuta, e si stupì per non aver percepito subito la sottile nota di provocazione e di sarcasmo nella voce di Fabio.

E anche di gelosia. Sospetta che tu stia volando con Al Danton verso una vacanza d'amore. È ridicolo, Emma si ribellò.

È anche peggio: insultante. Fabio è certo che Anna vada a letto con Al, ma questo non gli impedisce di sospettare che tu, cinicamente e allegramente, condivida l'amante con tua sorella.

L'incontro con il direttore della Zweig Press si protrasse fino alle dieci di sera e fu aggiornato all'indomani mattina per stendere una bozza di contratto. Ma Emma era talmente risentita con Fabio che non provò alcun disagio nel comunicargli che doveva trattenersi a Monaco.

«Vuoi dire che non possiamo andare dagli Arnaz?» fu l'incredula reazione di lui.

«Puoi andare tu. Io non ho purtroppo il dono dell'ubiquità.»

Qualche istante di silenzio. «Non è un problema, rimanderemo a un'altra volta.» Nella sua voce, stavolta, si avvertivano soltanto comprensione e condiscendenza.

Alla fine della telefonata Emma si chiese nuovamente se non fosse lei a essere diventata paranoica. Il dubbio crebbe quando all'indomani, in un soprassalto di sensi di colpa, ritelefonò a Fabio. Stava lavorando nel suo studio e si mostrò piacevolmente sorpreso di sentirla. Chiacchierarono per oltre mezz'ora e alla fine Emma si sentì rilassata, serena.

Le trattative per la bozza del contratto si protrassero sino al tardo pomeriggio del sabato. Emma, pur conoscendo bene il tedesco, ebbe qualche difficoltà nel comprendere e tradurre a Danton i molti termini tecnici, specifici, a cui il direttore della Zweig ricorreva per mettere via via a punto le varie clausole.

Uscirono dal suo ufficio alle sette. «Possiamo ritirare i bagagli in albergo e andare subito all'aeroporto» disse Emma. Aveva voglia di vedere Fabio e di tornare a casa.

Danton la guardò come se gli avesse proposto di scalare l'Everest. «Vorresti ripartire stasera?»

«C'è un volo alle nove e non vedo la ragione di trattenerci ancora qui.»

«Te ne dico più d'una: fare una doccia, cenare in un buon ristorante, andare a dormire e trascorrere la giornata di domani facendo i turisti. Monaco è una bellissima città.»

«Al, voglio ripartire stasera.»

«Allora mettiamola così: ho cinquant'anni, sono entrato nella fascia d'età statisticamente più colpita dall'infarto e dopo due giornate di discussioni e di stress ho bisogno di una pausa.»

«Tu resta pure: posso partire da sola.»

«Non abbiamo nemmeno la prenotazione per il volo delle nove! Sei irragionevole, Emma.»

«Desidero tornare a casa, ecco tutto. Se non c'è posto, mi metterò in lista d'attesa.»

«Mi sento stanco solo a sentirti.»

Quando arrivarono in albergo, la salutò augurandole buon viaggio ed Emma entrò nella sua stanza per infilare nella sacca le ultime cose. Fece una breve telefonata a Fabio per dirgli che stava correndo in aeroporto e sperava di trovare un posto sul volo delle nove. Ma non era il caso che lui venisse a prenderla.

«Certo che verrò. Fammi solo sapere se sei riuscita a imbarcarti.»

Quando Emma scese nella hall, trovò Danton che la aspettava pronto per partire. «Ho già fatto chiamare un taxi, dobbiamo sbrigarci.»

«Al, potevi restare!»

La trapassò con un'occhiataccia. «Sono già abbastanza infuriato. Risparmiami la banalità dei tuoi convenevoli.»

«Ma io dicevo sul serio.»

«Peggio ancora.»

Emma non disse una parola per tutto il tragitto, non osando neppure pensare alla reazione di Danton se quella corsa in aeroporto si fosse rivelata inutile. Invece trovarono posto senza alcun problema.

Danton reclinò la poltroncina e appena l'aereo decollò cadde in un sonno profondo. Solo in quel momento ricordò di aver spento il cellulare senza prima aver avvertito Fabio del suo arrivo: tutta colpa di Al, che l'aveva distratta e messa in agitazione.

Un quarto d'ora dopo il decollo la hostess distribuì i vassoi con la cena. Danton, mezzo addormentato, fece cenno che non voleva nulla ed Emma, osservando i contenuti delle vaschette, si pentì di non aver fatto altrettanto: il menu consisteva in alcuni tocchetti di carne ricoperti da un intingolo marroncino, due grosse patate arrosto dalla crosta raggrinzita e una pesca sciroppata.

Ma l'appetito alla fine prevalse ed Emma scoprì che il sapore era decisamente migliore dell'aspetto.

Era arrivata alla frutta quando si accorse che Danton la stava osservando con gli occhi socchiusi.

«Non è male» si giustificò rivolgendogli un sorriso. «Oggi ho mangiato solo un tramezzino e...»

«Stai offrendo uno spettacolo deprimente a un povero cinquantenne: io sono crollato e tu sembri appena uscita da una beauty farm. Benedetta ragazza, dove la prendi tutta questa energia?»

«In effetti, non mi sono mai sentita tanto bene. La scorsa settimana avrei dovuto andare dal chirurgo che mi ha operato per una visita di controllo ma me ne sono dimenticata.»

«È un segno di ottima salute. Stai bene quando *dimentichi* di avere un corpo perché nessun organo si fa sentire per segnalarti che qualcosa non va.»

Danton richiuse gli occhi ed Emma, finita la pesca sciroppata e restituito il vassoio vuoto, si perse nei suoi pensieri. Sto davvero bene, si disse. E starei ancora meglio se la smettessi di pormi dei problemi che non esistono. Incontrare Fabio è stato il dono più grande, ma non posso pretendere che si comporti in modo perfetto né trasformare il nostro rapporto in una continua caccia all'errore. Anche lui ha le sue fragilità ed è assurdo che io le ingigantisca e vi scorga dietro chissà che cosa. Fabio non è Alberto e devo liberarmi dalla sotterranea paura che prima o poi mi deluda come lui.

Se viene a prendermi all'aeroporto, significa che tutto andrà bene. Come formulò quel pensiero, superstizioso e infantile, Emma si diede della cretina. Era l'ennesima prova dell'eccesso di aspettative di cui l'aveva investito. Come poteva essere all'aeroporto, se lei aveva dimenticato di chiamarlo per confermargli il suo arrivo? Sicuramente era a casa in attesa di sentirla. E nel frattempo, magari, le aveva lasciato uno o più messaggi sulla segreteria telefonica.

Quando poté aprire il cellulare, non vi trovò alcun messaggio. Uscì dall'aeroporto vietandosi di guardarsi intorno nella speranza assurda che fosse venuto, nonostante tutto, a prenderla. *Se c'è, non lo perdi certo: sarà lui a vederti e a venirti incontro.*

Ovviamente non c'era. Seguì Al verso il posteggio dei taxi e Al salì con lei. «Ti accompagno a casa, così faccio un saluto a tua sorella» le disse.

Quando Emma andò a letto, Al Danton era ancora in soggiorno a chiacchierare con Anna: sembrava che d'un tratto tutta la stanchezza gli fosse passata. Prima di spegnere la luce, Emma provò per l'ultima volta a chiamare Fabio: aveva sempre il cellulare spento e a casa rispondeva la segreteria telefonica.

XXI

Emma si svegliò di soprassalto alle sei del mattino. L'oscura ansietà della sera prima era montata durante il sonno sino a esplodere in una incontenibile angoscia. Senza un attimo di esitazione lo chiamò al numero di casa: al diavolo, si svegliasse anche lui. Uno squillo, due squilli, tre squilli. Al quarto provò sul cellulare: spento.

Ha avuto un incidente, si è sentito male, è annegato nella vasca da bagno, è stato aggredito dai ladri... Emma si prospettò, rabbrividendo, le ipotesi più agghiaccianti. *Non fare l'isterica. Fabio ti sta punendo perché sei partita con Danton e perché crede che tu sia ancora a Monaco con lui. Piantala di cercarlo e aspetta che si faccia vivo.*

Se è davvero così, che vada all'inferno. Quello che mi sta facendo passare è crudele.

È solo un dispetto, non drammatizzare. E se non fosse così? Se in questo momento giacesse morente in un burrone o rinchiuso in casa? Oh, Dio, fa' che non sia così. Giuro che se mi chiama non lo rimprovererò, non litigherò, farò finta di nulla.

Davvero? Anche se ti ha voluta punire? Non lo so, non lo so, non lo so!

Alle nove chiamò il portinaio di Fabio. L'uomo si fece ripetere due volte il suo nome prima di borbottarle un laconico «Il dottor Volonté è rientrato e subito uscito». Poiché lei insisteva per avere altri particolari, aggiunse che l'aveva visto attorno alle otto. No, non si erano parlati.

No, non sapeva quando sarebbe tornato. Sì, certo che lo aveva visto coi suoi occhi.

Emma gli risparmiò l'ultima, ridicola domanda: il dottor Volontè stava bene? Sì, certo che stava bene. Riattaccò il telefono con un brusco "grazie".

Fabio aveva sadicamente tenuto il cellulare spento e la segreteria telefonica inserita per farla stare male. *Per punirla*. Ne provò una tale rabbia che le mancò il respiro.

Preferivi saperlo morente in fondo a un burrone? Sì, pensò con ferocia. In quel momento avrebbe voluto strozzarlo con le sue mani.

Alle nove e mezzo di lunedì andò in ufficio. Tenne spento il cellulare e pregò Danton e la segretaria di rispondere a Fabio, se l'avesse cercata, che lei non c'era e non sapevano quando sarebbe arrivata.

Fabio fece la prima telefonata un'ora dopo. Alle quattro del pomeriggio l'aveva già chiamata sei volte lasciandole una decina di messaggi sul cellulare. Chiamò anche Anna.

Emma tenne duro per tre giorni, continuando a farsi negare e a tenere il cellulare spento.

Al giovedì mattina, quando uscì da casa per andare in agenzia, lo trovò davanti al portone con la portiera della macchina aperta. Ciò che la stupì fu la sua espressione risoluta, dura. Se le fosse andato incontro col volto mestamente colpevole, gli avrebbe girato le spalle in un soprassalto d'ira: invece la guardò con ostilità, la stessa occhiata odiosa che le aveva lanciato nella mensa del San Cristoforo scambiandola per un'impicciona. Quel ricordo le sciolse il cuore.

«Sali in macchina» le ordinò afferrandola per un braccio.

Che fai, lo segui come un cagnolino? Non sai resistere

al fascino del rude maschio padrone? Si fermò di scatto. «Non voglio parlare con te.»

«Basta che mi ascolti.» Con una strattonata la spinse dentro la macchina. Sbatté la portiera e, fatto il giro, si sedette al suo fianco.

«Devo andare in agenzia.»

«Ti ci accompagnerò io, quando ti avrò detto quello che devo dirti.»

«Allora non perdere tempo.»

«Sono tre giorni che ti cerco e ti lascio messaggi sul cellulare spento. Questi dispettucci non li fanno neanche gli adolescenti.»

«Senti chi parla! Sabato sera, quando sono tornata da Monaco, ti ho cercato anch'io. E ho continuato a farlo fino alle due di notte. La domenica mattina non rispondevi ancora e ho pensato le cose più orribili... Fino a quando non ho saputo dal tuo portinaio che stavi benissimo.»

«Benissimo? Non direi proprio. Alle otto di sabato, mentre ero in casa aspettando di sapere se avresti fatto in tempo a prendere l'aereo, è successo qualcosa di inaspettato e molto triste: mi ha telefonato Trisha Hunt.»

«L'indossatrice australiana?» chiese stupita.

«Sì. Lavorava con la stessa agenzia di Sulu e per tre anni hanno sfilato e viaggiato insieme. È stata la sua unica amica.»

Emma tacque, sopraffatta da una insopportabile sensazione di rigetto, ribellione, impotenza. *Di nuovo Sulu.* Per mesi avevano lottato per scacciare la sua ombra, e adesso erano al punto di partenza. *Di nuovo Sulu.*

«Conoscevi la Hunt?» chiese stancamente, tanto per dire qualcosa.

«Soltanto di vista. Dopo il matrimonio, Sulu non aveva più avuto occasione di incontrarla, ma per qualche tempo si erano scritte. Un anno fa anche Trisha si era sposata ed era tornata nel suo paese. Ma questo me l'ha detto lei, non Sulu.»

«Perché ti ha cercato, Fabio?» Aspettò la risposta con la sensazione di aver innescato una miccia.

«Ha scoperto che il marito molestava la sua sorellina quattordicenne proprio quando si era accorta di aspettare un bambino. Dopo averlo denunciato, ha interrotto la gravidanza ed è partita per Milano. Non sapeva della morte di Sulu, e ha telefonato per cercarla, per chiederle aiuto.»

«Capisco...»

«Quando le ho raccontato della sua tragedia, ha avuto una crisi terribile. Sono corso nel suo residence e abbiamo parlato per tutta la notte. Domenica, alle otto del mattino, sono tornato a casa per fare una doccia e per cambiarmi. Ma il portiere del residence mi ha chiamato per avvertirmi che Trisha stava male e chiedeva di me. Era solo disperata... Per la sorellina violentata, per il figlio abortito.»

Emma provò una viscerale, furiosa avversione per Trisha. Perché non era rimasta accanto a quella povera bambina? Perché aveva interrotto la gravidanza? Come l'amica Sulu, anche lei era fuggita dai problemi per girare a vuoto attorno al proprio dolore.

«Dai dieci ai sedici anni Sulu era stata violentata da uno zio» Fabio sussurrò. Il suo viso terreo la fece sobbalzare.

Proseguì Fabio: «Abbiamo fatto l'amore per la prima volta un mese dopo che eravamo sposati. Per questo diffidava di tutti, aveva paura di tutti».

«Capisco» Emma disse con un filo di voce. Era desolata.

Fabio le lanciò un'occhiata carica di animosità. «Smettila di dire *capisco*! Sei una persona *normale*. Una sana ragazza fatta d'acciaio. Che cosa puoi capire? Nella tua vita hai perduto soltanto un marito coglione... Ma hai gli amici, il lavoro, mille interessi.»

«Questo è ingiusto!» protestò Emma. «Non puoi scaricarmi addosso la rabbia e...»

«Ti accompagno in ufficio. Volevo soltanto spiegarti perché sabato e domenica non sono corso scodinzolante a casa tua per sentire il resoconto della bella vacanza a Monaco.»

Emma fece per scendere, ma Fabio le allontanò la mano dalla portiera e mise bruscamente in moto.

Stai zitta. Non dire una parola. Se apri bocca salta per aria tutto. Ma io sono una sana ragazza d'acciaio. Indistruttibile, si rispose con sarcasmo.

Fabio le telefonò tre ore dopo. Non per chiederle scusa (*a quanto pare, non si sente né in colpa né in torto*) ma per avvertirla doverosamente che stava accompagnando Trisha in Provenza. Quella poveretta aveva bisogno di un posto dove ritrovare la serenità e la sua piccola villa nel retroterra di Saint-Tropez era l'ideale. «Non ci sono più tornato» aggiunse, «ed è una buona occasione per dare aria alle stanze e fare qualche pulizia.»

Buona occasione per due masochisti. Emma riattaccò augurandogli buon viaggio, con la speranza che dalla sua voce non trapelasse l'inorridito stupore che provava. Quella casa era stata il nido d'amore con Sulu. Ed era tornando da Saint-Tropez che era accaduto il tragico incidente.

Mollalo al suo destino. Salvati finché sei in tempo.

Commise l'errore di raccontare ad Anna quello che era accaduto. Invece di reagire con il suo stesso stupore e la sua stessa disapprovazione, la sorella le improvvisò un pistolotto da similpsicologa. «Fabio sta cercando di elaborare il suo lutto. L'incontro con te è avvenuto troppo presto, e si è buttato nella vostra storia seppellendo nell'inconscio un dolore che non aveva fatto in tempo a superare, a vivere.»

«Tu sei... sei...» La furia le strangolò la voce.

«Anche Al la pensa come me.»

«Siete ridicoli! Perché non vi fate delle sane scopate invece di giocare al piccolo Freud?»

Anna, calmissima: «Una cosa non esclude l'altra».

«Va' all'inferno.»

Quella notte, per la prima volta dopo mesi, Emma fu tormentata dal mal di schiena. A un sordo e costante dolore in corrispondenza della vertebra schiacciata si univano piccole fitte intermittenti che le pungevano i muscoli come punte d'ago. Faticosamente, con lo stomaco chiuso da un moto di nausea, andò in bagno per cercare un analgesico nell'armadietto dei medicinali. Aprì il rubinetto dell'acqua e ne inghiottì due compresse. Quando sollevò la testa, scorse nello specchio il viso ansioso di sua sorella.

«Tornatene a letto, non ho bisogno di niente.»

«Domattina vai a farti visitare. Sono sei mesi che non fai un controllo.»

«D'accordo, andrò. Ma adesso...»

«Ti accompagnerò io.»

«Anna, ho superato da un pezzo l'età del pediatra.»

«Non ne sono affatto sicura.»

Il professore fissò un appuntamento per il lunedì successivo. Preferì visitare Emma al Niguarda, dove si potevano eseguire subito le analisi e gli accertamenti eventualmente necessari.

Prima della visita, fece sedere Emma davanti alla sua scrivania e volle sapere con esattezza quali disturbi accusasse. Lei glieli descrisse, precisando che si erano ripresentati dopo una lunga tregua. Il professore la ascoltò attentamente, annuendo di tanto in tanto con comprensione.

Quando ebbe finito, le rivolse alcune domande a cui Emma rispose di volta in volta: trascorreva molte ore seduta? (Purtroppo sì). Ricordava di fare ogni giorno un quarto d'ora di ginnastica e una passeggiata a piedi? (Non sempre, perché aveva poco tempo). Aveva dei motivi di preoccupazione o dei problemi? (Su tutti i fronti...). Assumeva degli psicofarmaci? (No, da almeno tre mesi). Faceva uso di anticoncezionali? (Sì, ma non nell'ultimo periodo). Il ciclo mensile era regolare?

Emma, a quella domanda, aggrottò la fronte. Quando aveva avuto l'ultimo ciclo?

Più di due mesi fa le suggerì, pronta, la voce. «Non è possibile!» Credette di averlo pensato, e invece si accorse di aver protestato con veemenza ad alta voce.

Il professore la fissò incuriosito. «Che cosa *non è possibile*?»

«Che io sia incinta.»

Le sorrise. «Se negli ultimi tempi non ha preso la pillola e ha avuto dei rapporti sessuali, Emma, questa eventualità non è affatto da escludere.»

«Ma io sto benissimo! A parte la schiena, voglio dire... Non ho nausee, non ho capogiri, non ho fitte al basso ventre... Insomma, non ho nessun disturbo da gravidanza.»

«Questo succede spesso. Adesso la prima cosa da fare è appurare se lei è o no incinta.» Di fronte a lei telefonò a un collega ginecologo esponendogli il problema e chiedendogli se poteva ricevere subito una sua paziente. La risposta fu positiva.

«La faccio accompagnare nel suo reparto. Quando ha finito ritorni da me» disse il professore.

Anna era seduta fuori dallo studio e nel vederla si alzò. Ed Emma, dopo una brevissima esitazione, decise di dirle subito la verità.

Dal viso di sua sorella non trapelò né sorpresa, né disappunto, né preoccupazione. «Vengo con te» si limitò a dire.

Un'ora dopo Emma ritornava di nuovo dal professore. Non era incinta, ma le era stata riscontrata una neoformazione all'interno dell'utero. Con tutta probabilità si trattava di un *fibromioma*, e cioè un tumore benigno misto, costituito da fibre muscolari e fibre connettivali. La terapia ottimale era quella chirurgica.

Anche il professore la tranquillizzò. «Lei è stanca, stressata: e la sua amenorrea dipende quasi certamente da questo, come il ricomparire del male di schiena. In attesa che si liberi una stanza, si prenda una bella vacanza.»

«Voglio essere operata subito» Emma disse alla sorella quando uscirono dal Niguarda.

«Il professore ha ragione: sei stanca e stressata. Prenditi qualche giorno di riposo prima del ricovero.»

«Voglio essere operata subito» ripeté Emma.

Il giorno dopo Anna riuscì a farla ricoverare nella clinica privata Villa San Giuseppe. Vi lavorava, e proprio come ginecologo, Ezio Sarli, un suo vecchio compagno di liceo. Era rimasta in contatto con lui perché tre anni prima aveva sposato una delle sue migliori amiche, la figlia del costruttore Nenzi.

Emma provò una immediata e istintiva fiducia per Sarli. Dopo che arrivarono i risultati degli esami, il giovane medico le spiegò in parole semplici che avrebbe eseguito un intervento di miomectomia, e cioè l'asportazione del nodo del fibromioma, lasciando l'utero intatto. «Poiché la dimensione del tumore è piccola» aggiunse «avremmo potuto adottare anche una terapia ormonale mirata alla regressione. Ma nelle donne giovani e in età fertile, come te, è preferibile intervenire chirurgicamente proprio per non pregiudicare o ritardare l'instaurarsi di una gravidanza.»

Non mi interessa più avere dei figli, Emma pensò

quando Sarli la lasciò sola. Per un'ora era stata certa di aspettarne uno. Il figlio di Fabio. Non aveva avuto neppure il tempo di capire se esserne affranta o felice: dopo la prima diagnosi del ginecologo del Niguarda "neoformazione" era caduta in una specie di sordità emotiva che ancora perdurava. Non sentiva niente, non provava niente. Ma la mente le aveva inviato un messaggio che Emma recepiva con la diligenza di una alunna che scrive sotto dettatura: *lascia Fabio, lascia Fabio, lascia Fabio*...

«È tornato da Saint-Tropez e continua a chiamarmi per sapere dove sei» Anna le disse alla vigilia dell'operazione credendo di darle una buona notizia.

«Guai a te se glielo dici. Se me lo ritrovo in questa stanza, ti giuro che appena mi dimettono me ne vado via come nostra madre e non mi vedrai più.»

«Va bene. Ma adesso stai tranquilla» Anna disse con voce spaventata.

«Io *sono* tranquilla. E smettetela di parlarmi di vacanze e di riposo: il mio solo problema è Fabio.»

Quattro giorni dopo l'intervento Emma fu dimessa e al lunedì successivo tornò a lavorare con Danton. Anna non osò dirle nulla.

XXII

Emma si iscrisse a una palestra e riprese l'abitudine di fare ogni mattina alle sette una camminata di mezz'ora. Non soffriva più di dolori alla schiena, ma il suo cervello aveva memorizzato le fitte torturanti, l'indolenzimento sordo, l'insopportabile senso di pesantezza: e viveva con la paura che le crisi riesplodessero all'improvviso. Non *dimenticava* mai di avere una schiena.

Le farneticazioni schizofreniche erano finite ed Emma, ricongiunte le due parti di se stessa, cercava di tranquillizzarsi, di convincersi che la sua vita aveva ormai preso un assetto stabile. Fabio si era finalmente convinto a lasciarla in pace. Aveva firmato un contratto di collaborazione con l'agenzia che, unito alle traduzioni, le assicurava un reddito mensile decente. Lei e Anna avevano concordemente deciso di ricavare dalla loro casa due appartamenti comunicanti ma indipendenti.

Perché allora continuava ad avvertire quel senso di irrequietezza e di scontento? Si era imposta di allontanare Fabio quando aveva capito che il prezzo di quell'amore era insostenibile. Non *poteva* pagarlo, così come con tre milioni di stipendio non avrebbe potuto pagarsi una barca o un maggiordomo.

Si era aspettata che il coraggio di rinunciare – una decisione giusta, la sola possibile – venisse in qualche modo ricompensato. E invece ciò non era ancora successo. Insieme con Fabio dalla sua vita erano spariti dubbi, paure, rabbie, sofferenza: ma era rimasto il vuoto.

La sua scontentezza derivava da questo. E il sotterraneo senso di aspettativa, continuamente frustrato, era per il "premio" che non arrivava. Le sarebbe bastata soltanto un po' di serenità.

In agenzia era arrivato il nuovo direttore e Al Danton stava per ritornare a New York. Anche quella partenza contribuiva ad accrescere la sua malinconia. E per la prima volta era lei a essere preoccupata per Anna: come avrebbe reagito al distacco da Al e alla fine del loro rapporto? Quanti sforzi doveva fare per mostrarsi tranquilla e serena?

Quegli interrogativi ebbero una risposta inaspettata e sbalorditiva. Tre giorni prima della partenza, Al Danton venne a cena a casa loro: succedeva spesso, ma quella sera si presentò con una bottiglia di champagne e un enorme mazzo di fiori per Anna.

«C'è qualcosa da festeggiare?» Emma gli chiese perplessa e con una punta di amarezza.

«Il mio quinto matrimonio» Al rispose allegramente. «Da due settimane tutto era pronto per le nozze, ma la sposa ha detto sì soltanto due ore fa.»

Anna intervenne prima che la sorella potesse chiedersi di che cosa stava parlando. «Emma, la sposa sono io. L'ho deciso davvero due ore fa.»

«Vi sposate?» ripeté meccanicamente.

Al Danton: «Fra tre giorni, al consolato americano».

«Ma non devi tornare a New York?»

«Ho rimandato di una settimana.»

Emma guardò la sorella. «Andrai... andrai a vivere in America?»

Anna ricambiò lo sguardo, esitante. «Non è facile da spiegare... Può sembrare strano, ma ti assicuro che ci ho riflettuto a lungo.»

«Posso spiegare io?» intervenne Danton. «Il problema apparentemente irrisolvibile era che tua sorella non voleva assolutamente lasciare te, Milano e il suo lavoro e io non potevo assolutamente, a cinquant'anni, rivoluzionare la mia vita e trapiantarmi in Italia. Ma su una cosa eravamo d'accordo: non intendevamo assolutamente lasciarci. E così abbiamo raggiunto un felice compromesso: diventeremo una coppia pendolare, col passaporto sempre pronto. Tutto rimarrà com'è, ma ci organizzeremo in modo da poterci vedere a Milano o a New York a seconda dei nostri impegni.»

«E che bisogno c'era di sposarvi?» Emma non poté trattenersi dal chiedere.

«Avevamo bisogno di stabilità» rise Danton. «Seriamente: ho trovato la compagna giusta e per la prima volta il matrimonio non mi appare come una formalità, un atto di compiacenza o un rito obbligatorio per poter avere una donna. Voglio impegnarmi con tua sorella e sapere che lei si sente impegnata con me.»

«Mi sembra una pazzia! Vi conoscete da troppo poco tempo per sposarvi!»

«Qualcuno dovrebbe insegnarti, ragazza mia, che gli errori più gravi, i veri *colpi di testa*, sono quelli che si fanno con la testa. Non è un gioco di parole. Più rifletti, calcoli e ti interroghi e più ti allontani dalle certezze istintive. È quello che ti è successo con Fabio.»

Emma si irrigidì. «Stiamo parlando di te, di mia sorella. Lui non c'entra.»

Anna scambiò una strana occhiata con Al, e infine il suo sguardo si posò sulla sorella. «Fabio mi ha presentato il costruttore Arnaz e stiamo lavorando insieme a un altro progetto. In questi giorni mi è stato particolarmente vicino... Desidero che venga al mio matrimonio e mi faccia da testimone.»

«Lo capisci che mi stai creando un problema? Non è leale, Anna. Mi costringi a vederlo sapendo che non posso rifiutare di venire alle tue nozze!»

«Non è leale nemmeno il modo con cui l'hai tagliato fuori dalla tua vita, rifiutandoti di vederlo e di parlargli.»

«Ce n'era bisogno?»

Intervenne Danton. «Sì. Per lui, ma soprattutto per te. Spiegare all'altra persona perché si vuole chiudere un rapporto non è soltanto civile, ma aiuta a chiarirsi le idee, ad arrivare alla certezza che si è presa la decisione giusta. Tu ce l'hai, questa certezza?»

«Sì. E senza possibilità di ripensamenti.»

«E allora, rivedendo Fabio al consolato, il tuo solo problema sarà superare qualche istante di disagio.»

«Rivederlo mi farà male. Era l'uomo sbagliato per me, ma non sono ancora emotivamente distaccata da lui» dovette ammettere.

Emma fece da testimone a Danton. La cerimonia fu breve, ma intima e gioiosa. Al aveva invitato i colleghi dell'agenzia, e Anna il socio di studio con la moglie, i coniugi Arnaz e Angela, giunta la sera prima da Varigotti.

La tensione di Emma si dissolse ancor prima che la cerimonia iniziasse: non appena la vide, Fabio le andò incontro con Angela e la salutò con una stretta di mano, trattenendosi il tempo necessario per scambiare le solite frasi di circostanza. Emma abbracciò Angela e restò a chiacchierare con lei: era felice di rivederla.

Nel momento di apporre le loro firme di testimoni sul registro, si ritrovò accanto a Fabio. Lui le passò la penna e aspettò che anche lei firmasse prima di unirsi agli altri.

A cerimonia finita, gli invitati si diressero a gruppi verso le loro auto per raggiungere i Navigli. Emma salì su quella degli sposi. Il pranzo di nozze si sarebbe svolto nel ristorante di Anelio: Anna glielo aveva detto il giorno prima, ma lei si era guardata bene dal confessarle quanto la turbasse tornare nel locale che le evocava tanti ricordi.

Quando entrò nel ristorante, Fabio era già arrivato e stava presentando ad Anelio i coniugi Arnaz e Angela. Anna si diresse verso di loro tenendo per mano il marito.

Emma si fermò, imbarazzata, e ancora una volta il comportamento naturale e amichevole di Fabio le venne in soccorso: nel vederla, le fece segno di avvicinarsi.

«Questa è Emma, la sorella della sposa» disse ai coniugi Arnaz. «Tu, Anelio, la conosci già.»

Anelio annuì rivolgendole un sorriso festoso, e Carlo Arnaz le strinse vigorosamente la mano. «Finalmente ci conosciamo!»

«Se ben ricordo» intervenne sua moglie tendendole a sua volta la mano «lei doveva venire a trascorrere un fine settimana da noi.»

«Mi è rincresciuto molto...» In quel momento avrebbe voluto sprofondare.

Fabio passò un braccio sulla spalla di Angela. «Hai visto come è elegante, Emma?»

«Gliel'ho detto poco fa.» Sospirò di sollievo: anche quell'istante difficile era stato superato.

Nel momento di prendere posto ai tavoli, Emma prese Angela per una mano e fece per guidarla verso quello in cui si stavano dirigendo i colleghi dell'agenzia.

Ma Anelio le fermò. «Voi due siete al tavolo degli sposi.»

Era quello più grande. Emma si ritrovò seduta tra il costruttore Arnaz e il direttore dell'agenzia. E di fronte a Fabio. Le bastarono pochi minuti per tranquillizzarsi:

non soltanto era capitata tra persone amiche tra loro, ma anche loquaci e irresistibili. Arnaz era un intrattenitore nato.

Chi badava a lei? Tra tanti mattatori, poteva limitarsi a fare da spettatrice. Ma col volgere del pranzo si sentì perfettamente a proprio agio, al punto da rivolgere persino la parola a Fabio.

Alle cinque del pomeriggio erano ancora a tavola aspettando che arrivasse la torta nuziale: nel preparare quel pranzo, Anelio aveva superato se stesso.

Volle fare un brindisi e un discorso personale agli sposi, esortando Anna a non dimenticare mai la magia della buona cucina. «A tavola si fanno affari, si parla di lavoro, ci si danno i primi appuntamenti d'amore, esplodono i colpi di fulmine, ci si riconcilia... La serenità o le tensioni di una famiglia si vedono quando genitori e figli sono seduti a tavola... Se ci sono tanti divorzi è perché le mogli hanno scoperto i cibi surgelati scordando quell'atto d'amore che è la cucina...»

Tutti applaudirono l'inarrestabile foga di Anelio che volle aggiungere ancora qualcosa. «Molti matrimoni sbagliati si eviterebbero se le coppie facessero il test della tavola: chi ha un cattivo rapporto col cibo, spesso ha anche un rapporto problematico con se stesso e con la vita. E adesso possiamo tagliare la torta!»

Emma approfittò di quel momento di confusione per isolarsi qualche minuto: d'un tratto le era piombata addosso una grande malinconia. Nel retro del ristorante c'era un cortiletto con una panchina di pietra, e vi si sedette. Sono stata triste per tutto il pranzo, pensò.

Superato il disagio per l'incontro con Fabio, il sollievo le aveva fatto da anestetico. Non correva alcun pericolo, lui si era davvero rassegnato alla fine della loro storia.

Sono triste per questo. Dentro di me non mi sono mai

rassegnata alla fine e in queste settimane ho vissuto aspettando soltanto che accadesse qualcosa che mi facesse tornare con lui.

Devo dirglielo, pensò con angoscia, non posso permettere che si allontani per sempre. Al aveva ragione: si era fatta fuorviare da riflessioni, calcoli, dubbi e la testa le aveva fatto perdere di vista l'unica certezza: amava troppo Fabio per perderlo. Qualunque sofferenza le avesse inflitto, non sarebbe mai stata insopportabile come il vuoto a cui si era condannata.

Torna dentro e diglielo. Subito. Come evocato dal suo pensiero, Fabio si materializzò davanti a lei.

«Emma, sei qui? Torniamo dentro, ti stanno cercando» le disse.

Basta con la finta naturalezza, le recite, l'autocontrollo. «Aspetta un momento, devo parlarti. Avrei dovuto farlo molto prima e mi dispiace per essermi...»

«Emma, non preoccuparti. Ho capito da solo che hai preso una decisione giusta.» Le rivolse un sorriso triste. «Ti stavo rendendo la vita un inferno.»

«Questo non è vero! Abbiamo avuto dei brutti momenti, ma...»

«L'incontro con Trisha mi ha fatto vedere chiaro in me stesso: il dolore può finire, ma ti segna per sempre. Tu ami la vita, io posso solo rendere meno amara la mia sopravvivenza.»

«Fabio, ti amo» proruppe. «Io voglio...»

Lui la guardò in silenzio. «Ho deciso di sposare Trisha. Io ho bisogno di lei e lei di me. Non dobbiamo renderci felici, ma solo aiutarci a sopravvivere.»

«Fabio, no!» Fu quasi un urlo.

La prese per un braccio. «Ci stanno aspettando, entriamo.»

Emma si divincolò e si guardò intorno cercando una via di fuga. In fondo al cortile c'era una piccola porta: la aprì e si precipitò fuori, incurante della voce sorpresa e allarmata di Fabio che la chiamava.

Si ritrovò in una piazzetta e la attraversò correndo. Prima che lui potesse raggiungerla, infilò una strada laterale e poi svoltò in un'altra strada. Si girò col fiato corto: Fabio l'aveva persa.

Rallentò il passo e fece per entrare in un bar: ma non aveva preso la borsetta. Era senza soldi, non poteva neppure pagarsi un taxi.

Le sembrò una cosa da nulla di fronte all'enormità di quanto stava accadendo. Fabio era perduto. Dopo Sulu un'altra donna malata lo stava riconducendo nel buio di un rapporto sacrificale e devastante. Trisha non era solo malata, ma probabilmente anche egoista, calcolatrice, furba. Scappata dalle sue responsabilità, aveva trovato una casa e un uomo ricco da possedere e tenere legato a sé.

Emma saprà cosa fare… Scoppiò in lacrime. Professor Sorgi, non posso fare nulla. Suo nipote è perduto, io sono perduta.

EPILOGO

Dopo un inutile tentativo per fermarla e una vana rincorsa, Fabio tornò al ristorante sforzandosi di nascondere il proprio turbamento. «Emma aveva bisogno di una boccata d'aria» disse ad Anna. «È andata a fare due passi e tornerà tra una decina di minuti.»

Implorò tra sé che fosse così. Gli ultimi brindisi, la gara di barzellette tra Danton e Arnaz e la distribuzione delle bomboniere distolsero l'attenzione dall'assenza di Emma.

Fu solo un'ora e mezzo dopo, al momento di lasciare il ristorante, che Anna si guardò intorno alla ricerca della sorella.

Il momento temuto era arrivato. Anna si avvicinò a lui: «Dov'è finita Emma?» gli chiese.

Fu tentato di rispondere che non lo sapeva. Ma a quel punto cominciava a essere davvero preoccupato. «Forse è andata a casa. Non stava molto bene e... abbiamo avuto una piccola discussione.»

Fortunatamente Danton intervenne prima che la moglie gli facesse altre domande. «La troveremo a casa, non preoccuparti.»

Erano già usciti quando Anelio li rincorse con una borsetta in mano. «Era al posto di Emma, deve averla dimenticata.»

«Sì, è di mia sorella» Anna disse prendendola. D'un tratto sul suo viso apparve una espressione perplessa, preoccupata: «Come ha fatto a andare a casa? Era in macchina con noi e non aveva neppure i soldi per pagarsi un taxi...».

Fissò la borsetta quasi potesse darle una risposta. Poi sollevò lo sguardo su Fabio: «Hai detto che era andata a fare due passi... Dove?».

Al intervenne: «Sarà andata a casa a piedi».

«Cinque chilometri? Mi sembra...»

«Oppure aveva dei soldi in una tasca.» Si rivolse a Fabio: «Accompagna Angela a casa, si sta facendo tardi».

«Vorrei venire con voi per controllare che Emma sia...»

«Ti telefonerò io, non preoccuparti.»

Alle nove lo chiamò Anna, con voce quasi isterica: «Emma non è tornata e non sappiamo ancora niente di lei! Fabio, che cosa è successo?».

«Arrivo subito, aspettami.»

Alle undici e mezzo Anna crollò. «Sento che le è successo qualcosa... Non possiamo stare qui senza fare niente...»

Al le circondò le spalle: «Io e Fabio abbiamo rifatto tre volte il percorso da qui al ristorante e ci hanno assicurato che non è arrivata nessuna segnalazione di incidenti. Perché devi pensare al peggio? Il peggio non succede quasi mai». Cercò di sorridere.

«Al, questa è solo una...»

«È la verità. Da un momento all'altro Emma arriverà a casa e ci darà la spiegazione più ovvia del suo ritardo.»

«È in giro da quasi sei ore, di notte, senza documenti e senza soldi. E per di più» lanciò un'occhiata a Fabio «fuori di sé per quello che lui le ha detto. Al, pensi davvero che possa esistere una spiegazione *ovvia* per questo ritardo?»

Suo marito sospirò. «Lo spero. Anzi, lo credo. Ma in ogni caso sarebbe bene denunciare la sua scomparsa. Potrebbe anche trovarsi da qualche parte in stato confusionale.»

«Aspettiamo!» Anna gridò. «Mi sembra che questo porti male... È come ammettere che a mia sorella è successo qualcosa... che non riusciremo a trovarla senza la polizia o i carabinieri...» Proruppe in lacrime.

Fabio, il volto terreo, si rivolse a Danton: «Potrebbe anche avere incontrato qualcuno: il suo editor, una collega traduttrice che l'ha invitata a casa sua. Sarebbe la spiegazione di cui parlavi...».

«Potrebbe.» Danton rifletté. «Anna, sai il numero di telefono di...»

«Non lo so! E questa ipotesi mi sembra ridicola!»

«Vale quanto le altre, e fare un paio di telefonate non costa nulla.»

Intervenne Fabio: «Emma ha un'agenda? Una rubrica dove segna i numeri?».

«Sì, certo, nella sua stanza. Hai ragione, fare qualche telefonata può essere una buona idea...» Si era animata di colpo.

«Posso andare nella sua stanza a cercare l'agenda?»

Fabio aprì la porta e restò per qualche istante immobile, sopraffatto dall'emozione. Il computer, i libri, le pile di fogli e di carte sparsi ovunque o accatastati in qualche modo, una scatola di biscotti sul comodino... Quella era la stanza di una ragazza attiva, caotica, solare, affamata, piena di vita... La ragazza che amava e che non avrebbe mai potuto contaminare con la sua anima morta.

Si avvicinò alla scrivania per cercare l'agenda: non la vide. Spostò i mucchi di carte per essere certo che non vi fosse finita sotto: non c'era. Dopo una breve esitazione cominciò ad aprire i cassetti: anche quelli erano pieni di carte: bozze, fogli dattiloscritti, appunti presi a mano. Ma di una rubrica o di una agenda telefonica non vi era traccia.

Cerca meglio, si disse. Ricominciò dal primo cassetto. Spostando e sollevando i mucchi di carte, sempre più in fretta, scorse una grande busta gialla. *Romanzo di Albino Sorgi*, Emma aveva scritto con la sua grafia chiara e rotonda.

A quale romanzo si riferiva? Gli aveva sempre detto che lo zio era morto prima che potessero cominciarlo e che dei loro incontri erano rimasti solo pochi appunti senza importanza, che lei stessa aveva strappato... Fabio fece per rimettere la busta al suo posto, ma qualcosa, come una forza oscura, lo *costrinse* a non farlo.

Aprì la busta e ne estrasse una quarantina di fogli scritti al computer, senza una sola cancellatura. *Avanti, leggi.* Era la storia di Maria, una ragazza italiana dal fisico meticolosamente descritto. Dopo la terza cartella, quel personaggio gli evocò qualcosa di familiare, di triste...

Arrivato alla ventesima cartella, dovette sedersi sul letto di Emma. Basta, si ordinò. Non poteva andare avanti, la lettura di quel romanzo stava diventando sempre più angosciante. Era come se Maria, la protagonista, lo trascinasse giù, giù, sempre più giù, in un pozzo buio. Anche questa era una sensazione familiare. Ma, di nuovo, *qualcosa* lo spinse ad andare avanti.

Maria è Sulu, pensò d'un tratto, folgorato. Gli mancò il respiro, e il ricordo dei tre anni vissuti con lei gli piombò sulle spalle con il peso di un macigno. La violenza e il male avevano tolto a Sulu l'istinto della vita. Non vi era stata gioia nella maternità, nell'amore per il marito, nel sesso, nelle rassicurazioni della quotidianità. Posseduta dalla smania di dissolversi nel nulla, aveva tentato di portare con sé le persone che amava.

Fabio cominciò a tremare. Ci era riuscita con il loro bambino e con il figlio che aspettava. Sulu era malata, pensò straziato. Leggere quelle pagine era stato come scendere nel suo inferno. Lo riconosceva. Ne era stato, davvero, contaminato.

Suo zio aveva capito tutto. *Voleva scrivere questo libro per me, per salvarmi*: perché Emma aveva nascosto i primi capitoli in un cassetto, seppellendoli tra mucchi di carte invece di farglielo leggere?

Se non gli fossero capitati tra le mani, avrebbe sposato Trisha. *Trisha come Sulu*. Un'altra lenta discesa verso lo stesso inferno.

«Oh, Emma» gemette. Quando gli aveva dato quella notizia, era rimasta sconvolta. La sua solare, inarrestabile attitudine per la vita l'aveva pietosamente spinta a risparmiargli la lettura di quelle pagine di morte: era persuasa che sarebbe riuscita a salvarlo da sola, con il suo amore. Ed era fuggita inorridita quando si era accorta di avere perduto.

Dio, fa' che non le sia successo niente, pregò. Non pregava da quando era bambino, e dubitò che Dio volesse aiutarlo. Emma gli era venuta incontro con le mani piene di vita: un dono di Dio, un miracolo, e lui l'aveva lasciata andare. Non c'era perdono. Non ci sarebbe stata un'altra possibilità.

D'un tratto udì il suono di un campanello. E poi la voce concitata di Anna. E poi quella di Danton. *Sulu si è presa Emma. Sono venuti a comunicare che ha avuto un incidente.*

Si sentì gelare il sangue. Quella era la fine e lui era perduto per sempre. Restò immobile sul letto, a testa bassa, circondato dai fogli sparsi. *Mi dispiace, zio Albino.*

D'un tratto la porta si aprì. E fu come vedere entrare la vita. Si alzò di scatto e andò verso di lei. «Emma» balbettò incredulo.

«Non puoi sposare Trisha. Ho camminato per ore, come una pazza, e finalmente ho capito che cosa devo fare: ti impedirò di sposare Trisha» disse con voce feroce.

La guardò incantato. «Signore, grazie» disse prima di allungare le braccia e stringerla a sé.

Indice

BUR
Periodico settimanale: 8 giugno 2005
Direttore responsabile: Rosaria Carpinelli
Registr. Trib. di Milano n. 68 del 1°-3-74
Spedizione in abbonamento postale TR edit.
Aut. N. 51804 del 30-7-46 della Direzione PP.TT. di Milano
Finito di stampare nel maggio 2005 presso
il Nuovo Istituto Italiano d'Arti Grafiche - Bergamo
Printed in Italy

RCS Libri

ISBN 88-17-11893-1